हिन्द पॉकेट बुक्स

अब्राहम लिंकन

इस पुस्तक में आप उस महान् व्यक्ति का जीवन–चरित्र पढ़ेंगे, जो निर्धन माता–पिता के घर में जन्म लेकर और अनेक दु:खों तथा अभावों को सहन करके भी एक दिन अमेरिका के सबसे बड़े पद अर्थात राष्ट्रपति के पद पर आसीन हुए, जिन्होंने अपनी सम्पूर्ण शक्ति और योग्यता से वहां रह रहे हबशियों को दासता के बंधनों से मुक्त कराया और इस महान् कार्य के लिए सत्य, धर्म और न्याय के पथ पर चलकर अपने प्राणों का भी बलिदान कर दिया। ऐसे महापुरुष किसी देश की सीमा में नहीं बंधकर, विश्व की धरोहर बन जाते हैं और सदा के लिए अमर हो जाते हैं। इस महापुरुष का नाम था, अब्राहम लिंकन।

तो पढ़िए इस महापुरुष की प्रेरणाभरी कहानी और अंत में दी गई प्रश्नावली को हल करके पुरस्कार भी जीतिए।

सुरुचिपूर्ण एवं प्रेरणादायक सचित्र जीवनी

अब्राहम लिंकन

राजवीर सिंह 'दार्शनिक'

हिन्द पॉकेट बुक्स
पेंगुइन रैंडम हाउस इम्प्रिंट

हिन्द पॉकेट बुक्स

यूएसए | कनाडा | यूके | आयरलैंड | ऑस्ट्रेलिया | सिंगापुर
न्यू ज़ीलैंड | भारत | दक्षिण अफ़्रीका | चीन

हिन्द पॉकेट बुक्स, पेंगुइन रैंडम हाउस ग्रुप ऑफ़ कम्पनीज़ का हिस्सा है,
जिसका पता global.penguinrandomhouse.com पर मिलेगा

पेंगुइन रैंडम हाउस इंडिया प्रा. लि.,
चौथी मंजिल, कैपिटल टावर -1, एम जी रोड,
गुड़गांव 122 002, हरियाणा, भारत

पेंगुइन
रैंडम हाउस
इंडिया

प्रथम संस्करण हिन्द पॉकेट बुक्स द्वारा 2015 में प्रकाशित
यह संस्करण हिन्द पॉकेट बुक्स में पेंगुइन रैंडम हाउस द्वारा 2022 में प्रकाशित

10 9 8 7 6 5 4 3 2

ISBN 9789353491505

मुद्रकः रेप्रो इंडिया लिमिटेड

www.penguin.co.in

MIX
Paper from
responsible sources
FSC® C047271
FSC
www.fsc.org

क्रम

जन्म और बाल्यकाल

अब्राहम लिंकन का जन्म 12 फरवरी सन् 1809 को अमेरिकी 'केंटुकी' रियासत में हाजनविल से लगभग 2 किलोमीटर के अंतर पर नालिक क्रीक स्थान पर हुआ था। इनके दादा बड़े परिश्रमी, साहसी, इरादे के पक्के, कर्तव्यपरायण और ईश्वर भक्त मजदूर थे। वे दूर-दाराज के जंगलों में घूमने के शौकीन थे। उन्होंने ही पहले केंटुकी की सुंदर घाटी का पता लगाया था। वे ऐसे निडर और साहसी थे कि अनेक आपत्तियों और कठिनाइयों के होने पर भी उन्होंने अपनी झोंपडी लोगों से कई किलोमीटर के अंतर पर बनाई थी। एक दिन जब वह घर से बाहर काम कर रहे थे, किसी नीग्रो या काले आदमी ने उन्हें मार डाला। उन्होंने अपने पीछे दो पुत्रियां और तीन पुत्र छोड़े, जिनके नाम टामस, मारडिकई और जोजेफ थे। टामस से ही अब्राहम लिंकन का जन्म हुआ था। जब उनके पिता की हत्या की गई थी तो टामस की आयु 6 वर्ष की थी। 25 वर्ष की आयु में उनकी शादी वरजीनिया की नेंसी हेंक्स के साथ हुई थी।

टामस सुंदर, सुडौल और अच्छे कद के व्यक्ति थे। साथ-ही-साथ बड़े परिश्रमी और दयालु भी थे, लेकिन पढ़ना-लिखना बिल्कुल भी नहीं जानते थे। उनकी पत्नी यद्यपि शरीर से दुबली पतली थी, लेकिन बड़ी चतुर, बद्धि मती और सुशीला थी। वह कुछ पढ़ना-लिखना भी जानती थी। उन्होंने दो पुत्र और एक पुत्री को जन्म दिया। लेकिन एक पुत्र बाल्यकाल मे ही चल बसा। शेष रहे दो बच्चे–अब्राहम और उनकी बहन सारा। टामस

निर्धनता के कारण दोनों बच्चों को पढ़ाने की स्थिति में नहीं थे। जिस घर में वे रहते थे, सच पूछो तो उसे घर का नाम दिया ही नहीं जा सकता था। फर्श की जगह केवल जमीन, दीवारों की जगह टट्टे खड़े कर लिया गए थे। मेज, कुर्सी, पलंग आदि का तो प्रश्न ही नहीं था। ऐसी निर्धनता में दोनों भाई बहन प्रसन्नता से रहते थे। उनकी माता उन्हें अपनी सामर्थ्य के अनुसार घर पर ही पढ़ाया करती थी। मनोरंजन के लिए उनके पास जंगल के ऊंचे-ऊंचे घने वृक्ष, हरे-भरे पहाड़, बहते हुए जल के स्रोत, महकते हुए फूल, गुफाएं और घाटियां, मीठा ताजा जल और पक्के रसीले फल आदि प्रकृति की अमूल्य वस्तुएं थीं।

रविवार को संध्या के समय नेंसी उन्हें अपने पास बैठाकर अच्छी-अच्छी बातें बताया करती थीं। उनके पास केवल दो पुस्तकें थी, उनमें से एक बाईबिल थी। परन्तु वही दो पुस्तकें ही धर्मात्मा माता के लिए नीति, शिक्षा और ज्ञान की भंडार थी। उनके आस-पास कोई गिरजाघर नहीं था, परन्तु उन्होंने अपनी झोपड़ी में ही गिरजाघर बनाया हुआ था। वहीं पर वह अपने दोनों बच्चों को धर्मज्ञान और पूजा पाठ कराया करती थी। अब्राहम अपनी माता के उपदेश सुनता-सुनता कभी नहीं थकता था। जो कुछ माता कहती थी ध्यान से सुनता था, लेकिन बीच-बीच में ऐसे प्रश्न करता था कि माता भी आश्चर्यचकित रह जाती थीं।

उस समय केंटुकी में गुलामी का जोर था। गुलामों (दासों) के साथ बड़ा अन्याय और अत्याचार किया जाता था। अब्राहम को छोटी सी आयु में ही उनकी दुर्दशा का ज्ञान हो चुका था। एक दिन उन्होंने अपनी माता से पूछा, “मां! क्या तुम्हारी समझ में गुलामी अच्छी चीज है”।

माता ने उत्तर दिया, “नहीं बेटा! कदापि नहीं।”

“फिर लोगों ने इन्हें गुलाम क्यों बनाया हुआ है?”

“लोगों को सुख चाहिए और उस सुख को ये लोग गुलामों के शोषण से प्राप्त कर रहे हैं। यह उनकी क्रूरता है, गरीबों पर अत्याचार है, लेकिन

वे धर्म और न्याय को नहीं समझते इसलिए लगातार पाप किया जा रहे हैं। यह उनका स्वार्थ है और वे स्वार्थ में अंधे हो चुके हैं।"

"यह कब तक चलता रहेगा?"

"जब तक यहां कोई महापुरुष पैदा नहीं हो जाता।"

"क्या यहां महापुरुष का पैदा होना संभव है?"

"संभव है, जिस प्रकार प्रभु ने मिश्रवासियों को दासता से मुक्त करने के लिए महात्मा मूसा को भेजा था, उसी प्रकार यहां भी किसी न किसी को अवश्य भेजेगा।"

जब अब्राहम को स्कूल जाने का अवसर मिला तो उनकी आयु 7 वर्ष की थी। अपनी माता द्वारा पूर्व में सीखे गए ज्ञान के आधार पर उन्होंने पढ़ने में इतनी प्रगति कर ली थी कि छह मास में ही बाइबिल को अच्छी प्रकार से पढ़ने लगा था। अब्राहम की तेज बुद्धि देखकर उनके माता-पिता बहुत खुश होते थे।

सन् 1806 में जब अब्राहम की आयु 9 वर्ष की हुई तब उनके पिता ने केंटुकी छोड़कर पश्चिम की ओर इंडियाना के जंगलों में जाने का विचार किया, क्योंकि यहां जीवन-यापन के साधन कम थे। उन्होंने घर का सारा सामान एक नौका में रखा और वहां के लिए चल पड़े। रास्ता बहुत कठिनाई भरा था। एक बार उनकी नौका भी उलट गई थी, लेकिन वह साहसी बहुत थे, अतः सब कुछ ठीक करते हुए सात दिन में अपने नियत स्थान पर पहुंचे। जहां संध्या हो जाती थी, वहीं रात्रि-विश्राम कर लेते थे। अब्राहम भी अपने दादा और पिता की भांति निर्भीक थे। उन्हें घने जंगलों में रहने से डर नहीं लगता था। उनकी माता भी उतनी ही निर्भीक थी।

यहां आकर अब्राहम को पढ़ने-लिखने की सुविधा न मिल सकी। वहां आस-पास में कोई स्कूल नहीं था। वह सारे दिन अपने पिता के साथ जंगल साफ करने में लगा रहता था। उसमें परिश्रम करने की अपार क्षमता थी। जब समय मिलता तो अपने पूर्व स्कूली ज्ञान के आधार पर स्वाध्याय

करने लगता, लेकिन वहां कलम, कागज, रोशनाई आदि लिखने पढ़ने की चीजें नहीं थी। वह वृक्षों की छाल पर कोयले से लिखते थे। पढ़ने का इतना शौक था। कि वह सदा घर पर अपने माता-पिता तथा बहन सारा से लिखने-पढने की ही बात किया करते थे। पहले तो घर में दो पुस्तकें थी अब उनके लिए एक पुस्तक और मंगाई गई। वह लेखक बनियन द्वारा लिखी गई 'पिलग्रिक्स प्रोग्रेस' नामक पुस्तक थी। वह कहानियों की पुस्तक थी। अब्राहम उसे चाव से पढ़ते और उसकी कहानियों को सारा को सुनाते थे। इन्हीं कहानियों के पढ़ने और सुनने के बीच एक दिन उनकी माता ने उन्हें बताया, "बेटे! इस दुनिया से परे एक दूसरी ईश्वरीय दुनिया और है, जो बड़ी सुंदर और रमणीय है। इस दुनिया में ईश्वर वास करता है। जो मनुष्य इस दुनिया में निष्पाप जीवन व्यतीत करता है, ईश्वर से डरता है और उसे अपना पथप्रदर्शक समझाता है, वह उस दुनिया में जाकर ईश्वर के दर्शन करता है। यह सुनकर अब्राहम ने कहा, "माता! मैं अवश्य भलाई करूंगा और पापों से रहित होकर उस दुनिया में जाने का प्रयास करूंगा।"

इस पुस्तक के बाद अब्राहम ने वाशिंगटन का जीवन चरित्र पढ़ा। इस पुस्तक में युद्ध की बड़ी-बड़ी आश्चर्यजनक घटनाओं का वर्णन था। इस पुस्तक ने अब्राहम के मन में साहस और उत्साह भर दिया तथा उनके जीवन को एक नए मार्ग पर ला दिया। इसके बाद उन्होंने हेनरी क्ले की जीवनी पढ़ी। इस पुस्तक का उन दिनों बड़ा नाम था। राजनैतिक विषयों पर लिखी गई इस पुस्तक का उन पर बहुत प्रभाव पड़ा। इसे पढ़कर ही उन्हें राजनैतिक दिशा में सोचने की प्रेरणा मिली।

पुस्तकें पढ़ने के अलावा अब्राहम को और बहुत काम करने पड़ते थे। वह जंगल से लकड़ी और पानी लाया करता था। पानी का स्रोत वहां से बहुत दूर था, लेकिन उसके लिए दूरी का कोई महत्त्व नहीं था। वह परिश्रम और दूर जाने से जी नहीं चुराता था। इसके विपरीत उन्हें परिश्रम में आनंद आता था।

अभी उन्हें वहां बसे दो ही वर्ष व्यतीत हुए थे कि दुर्भाग्यवश उनकी माता बीमार हो गई। बीमारी बढती ही चली गई। वह घर का सारा काम करता और माता को बाइबिल पढ़कर सुनाता, जिससे माता की आत्मा को बड़ी शांति मिलती। उन दिनों हकीम वैद्यों का अभाव था। यद्यपि अब्राहम और उनके पिता ने उसे बचाने का भरसक प्रयास किया, लेकिन वह बच न सकी। माता के स्वर्गवास से घर में शोक की लहर दौड़ पड़ी। अंतिम संस्कार के लिए वहां कोई पादरी उपलब्ध नहीं था। अतः उन्हें बिना पादरी की रस्म के ही दफना दिया गया। जब वहां से शवयात्रा में सम्मिलित हुई भीड़ वापस लौट आई, तो अब्राहम ने नंगे पैर अपनी माता के कब्र के सामने खड़े होकर ये प्रतिज्ञाएं ली, "हे मां! तेरे अचानक चले जाने से मैं दुःखी तो हूं, लेकिन न निराश हूं और न विचलित। लोग कहते हैं कि आप असमय में चली गई, लेकिन मैं मानता हूं आप सही समय पर गई हो। दुनिया में एक व्यक्ति अपने किसी लक्ष्य को लेकर पैदा होता है। यदि उसका लक्ष्य कम आयु में ही पूरा हो जाता है, तो वह उसका चले

जाने का सही समय होता है। आपका लक्ष्य पूर्ण हो चुका है। आपका लक्ष्य मुझे जन्म देकर इस अवस्था तक ले आना था। अपनी भावनाओं का अध्ययन कराना था, जिससे मैं उन सपनों को पूर्ण कर सकूं, जो आपके मन में अमूर्त रूप में विद्यमान थे। आपकी करुणा, सत्य, न्याय और निर्धनों की सेवा तथा उनकी दासता से मुक्ति की शिक्षा मुझे सही रास्ते पर ले चलेगी। मैं अपनी पूर्ण शक्ति से आपके स्वप्न को पूरा करूंगा। यह मेरा लक्ष्य है जिसे मुझे पूर्ण करना है। यह मेरी प्रतिज्ञा भी है।"

अब्राहम को पुस्तक पढ़ने का बहुत शौक था। जब उन्हें माता की याद आती तो कहानियों की पुस्तकें पढ़ने लगता। थोड़े ही समय बाद उनके पास एक स्कूल खुल गया। अब्राहम वहां जाने लगा और गणित आदि सीखने लगा।

अब्राहम की माता के मरने के एक वर्ष बाद उसके बाप ने एक विधवा से शादी कर ली। उसके पास पहले से ही तीन बच्चे थे। वह उन्हें भी उपने साथ ले आई, अब वे सात प्राणी हो गए। उनकी वह विमाता अच्छे स्वभाव की थी। वह अब्राहम और उसकी बहन सारा से भी उतना ही प्यार करती थी, जितना वह अपने बच्चों से करती थी। घर में सदस्यों की संख्या बढ़ने से जीवन-यापन की समस्या जटिल होने लगी। इस स्थिति में अब्राहम ने स्कूल तो छोड़ दिया, लेकिन स्वाध्याय द्वारा अपनी पढ़ाई जारी रखी। जहां कहीं वह मजदूरी पर जाता पुस्तकों को अपने साथ ले जाता। जब थोड़ा भी विश्राम का अवसर मिलता तो तुरंत पढ़ना शुरू कर देता था। वृक्ष की छाया में अथवा मकान के ऊपर लेटकर पढ़ना उसे अच्छा लगता था। रात्रि के समय वह अंगीठी के पास बैठकर आग की रोशनी में लकड़ी पर लिखा करता था। दिन में वह पत्तों और तख्तों पर लिखा करता था। पढ़ने का इतना शौक था कि जहां कहीं भी किसी भी पुस्तक के पृष्ठ का कोई टुकड़ा पड़ा मिल जाता, तो उसे उठाकर पढ़ना शुरू कर देता था।

भविष्य की नींव

जब अब्राहम की आयु 16 वर्ष की थी, जेम्स टेलर नाम के एक व्यक्ति ने उसे अपने यहां छह डालर मासिक वेतन पर रख लिया। टेलर के यहां अब्राहम घर-बाहर के सब काम करता था। टेलर तथा उसकी स्त्री दोनों उनके काम से बड़े प्रसन्न रहते थे और सदैव उनकीं प्रशंसा किया करते थे। अब्राहम को टेलर के घर में संयुक्त देश का इतिहास तथा दो-तीन और पुस्तकें मिल गईं। दिन भर तो वह काम करते थे और शाम को जब सब सो जाते थे, वह उन पुस्तकों को पढ़ा करते थे। अब्राहम रात को टेलर के बेटे ग्रीन टेलर के पास सोया करते थे। एक दिन ग्रीन टेलर ने किसी बात के ऊपर उसे बहुत मारा, लेकिन अब्राहम ने चूं तक भी न की। अब्राहम टेलर से बहुत शक्तिशाली थे। यदि वह चाहते तो उसे ऐसी मार दे सकते थे कि जीवन-भर याद रखते, परन्तु उनकी माता ने उन्हें शिक्षा दी हुई थी कि क्षमा बहुत बड़ी चीज है और ऐसी स्थिति में अपने क्रोध पर नियंत्रण करना मानव का सबसे बड़ा गुण है।

टेलर के यहां नौकरी करके अब्राहम घर लौट आए। उनके आने के कुछ दिनों बाद ही उनकी बहन सारा का विवाह हुआ। टेलर साहब के यहां से नौकरी छोड़ने के बाद वे जेंटरीबिल में मिस्टर जोंस के गोदाम में काम करने लगे। उन्होंने अपने काम से जोंस को भी वैसा प्रसन्न किया, जैसा टेलर को किया था। जोंस के पास कई पुस्तकें थी। उनमें से एक फ्रेंकलिन का जीवन चरित्र भी था। उसके यहां एक समाचारपत्र भी आता

था। उन्हें जब थोड़ा भी अवकाश मिलता समाचारपत्र व पुस्तकों को पढ़ा करते थे। जोंस राजनीति और अर्थशास्त्र में बड़ा प्रवीण था। वह अब्राहम से भी राजनैतिक विषयों पर वाद-विवाद किया करता था। अब्राहम की रुचि दिन-प्रतिदिन इस विषय की ओर बढ़ती गई। धीरे-धीरे वह राजनैतिक विषयों पर अपने विचार प्रकट करने लगे। फिर विचारों का स्थान उपदेशों ने ले लिया। नीति और सदाचार पर उनके उपदेश बड़े प्रभावशाली और मनोरंजक होते थे। वृद्ध व्यक्ति भी उनके उपदेशों को सुनकर हंसे बिना नहीं रह सकते थे।

अब्राहम की इस भाषण-कला पर समाज तो उनका सम्मान करने के लिए उत्सुक रहता था, परन्तु उनके पिता इस बात को पसंद नहीं करते थे। उन्हें यह अच्छा नहीं लगता था कि एक कर्मचारी अपने मूल काम को छोड़कर उन व्यर्थ के कामों में लग जाए, जहां से कुछ भी धन की प्राप्ति न होती हो। वह अब्राहम को कहा करते थे कि इन बेकार की बातों को छोड़कर केवल अपने काम को देखना है, परन्तु अब्राहम इस शौक को छोड़ने को तैयार न थे। यद्यपि उनके पिता उनकी इस आदत को पसंद नहीं करते थे, तथापि उसे अब्राहम की योग्यता पर अभिमान हो चला था। वह अब्राहम की बढती ख्याति से फूले नहीं समाते थे। अज्ञानता के कारण उन्हें शायद यह भय था कि कहीं व्याख्यानों के कारण अब्राहम काम करने से जी न चुराने लगे और वह आलसी न हो जाए।

अपने पिता की इस टोका-टाकी के बीच उन्होंने अपना यह भाषण देने का क्रम निरंतर जारी रखा। अब उसे भाषण देने का अच्छा अभ्यास हो गया और कुछ ही दिनों में वह एक प्रसिद्ध वक्ता हो गये।

अब्राहम कभी-कभी विलियम वुड के यहां भी काम किया करते थे। मि. वुड का घर वहां से 2 किलोमीटर की दूरी पर था। अब्राहम के पिता वहां बढ़ई का काम किया करते थे। अब्राहम वहां अपने पढ़ने के शौक

के कारण भी जाया करते थे। वुड के यहां दो समाचारपत्र आते थे, जिन्हें पढ़ने का उन्हें अच्छा अवसर मिल जाता, उनमें से एक में नशे के लेख हुआ करते थे। अब्राहम को उसमें राजनैतिक विषयों से भी अधिक मन लगता था। एक दिन अब्राहम ने बुड से कहा कि मुझे अब तक मालूम नहीं था कि नशे के विरुद्ध भी कोई पत्र निकलता है। इस पत्र को सर्वप्रथम आपके यहां ही देखा है। क्या इसमें जो लिखा है, वह अक्षरशः सत्य होता है।

वुड ने कहा—हां, निस्संदेह ऐसा ही है। शराब की यदि जरूरत हो तब भले ही पी ली जाए, परन्तु प्रतिदिन शराब के नशे में पागल होकर पशुवत व्यवहार करना मनुष्य का काम नहीं है।

अब्राहम ने कहा—इसमें कोई भी अच्छाई नहीं है? उसके उत्तर में वुड ने कहा। शराब में क्या अच्छाई है, शायद कोई न बता सके, लेकिन इसमें क्या बुराई है, सबको मालूम है। इसकी बुराई हम प्रतिदिन अपनी आंखों से देखते हैं।

अब्राहम को वुड की बातें इतनी अच्छी लगी कि उन्होंने नशे के विरुद्ध एक लम्बा-चौड़ा लेख लिखा और उसे वुड को दिखाया। अब्राहम की इस लेखन-कला से वुड इतने प्रसन्न हुए कि उस लेख को पत्र में प्रकाशित करवा कर ही दम लिया। यह लेख घर-घर पढ़ा गया। निश्चय ही इससे अब्राहम की ख्याति दूर-दूर तक पहुंच गई।

एक दिन वुड ने अब्राहम से कहा कि अपने जैसा क्रांतिकारी लेख नशे पर लिखा है, क्या राजनैतिक विषयों पर भी लिख सकते हैं?

अब्राहम से उत्तर दिया—जी हां, लिख सकता हूं, वुड ने पूर्ण उत्साह के साथ उसे लेख लिखने को कहा। अब्राहम ने एक ऐसा लेख लिखा कि वुड उनकी प्रतिभा को देखता ही रह गया।

लेख का विषय था—'अमेरिका का राज्य चतुर मनष्यों के लिए उत्तम

है।' इसे दृढ़ नीव पर स्थित रखना चाहिए और इसकी पूर्ण रूप से रक्षा करनी चाहिए। अभी यहां शिक्षा के प्रचार में बहुत कमी है। सार्वजनिक शिक्षा का देश में प्रचार किया जाना चाहिए। इसके साथ लोगों को कानून की समझ और उसका पालन भी सुनिश्चित किया जाना चाहिए। इस लेख को वुड ने राजनैतिक पत्र में प्रकाशित करवा दिया। इससे अब्राहम की ख्याति एक राजनेता के रूप में होने लगी। उन्होंने उस पत्र में ऐसे अनेक लेख प्रकाशित कराए जिनसे उन्हें लिखने का अभ्यास तो हुआ ही, लोगों के मन में एक सफल राजनेता के रूप में अपना स्थान बना गए।

अब अब्राहम को कानून की पुस्तकें पढने का नया शौक लग गया। वे अपने पड़ोसी के यहां जाकर कानून की पुस्तकें पढ़ा करते थे। थोड़े ही दिनों में उन्होंने कुछ कानूनों को कंठस्थ कर लिया। अब उनके शौक आगे बढ़ने लगे थे। इसी क्रम में एक नया शौक और पैदा हो गया। इन कानूनों के ऊपर कैसे अदालतों में वकील अपना-अपना पक्ष रखते हैं, इसे देखने का शौक उन्हें अदालतों में खींच लाया। अदालत यद्यपि वहां से 20 किलोमीटर दूर थी, लेकिन वह पैदल ही सही समय पर वहां पहुंच जाते थे और वकीलों की बहस सुनते थे। बहस करने की प्रवृत्ति उन्हें वहीं से मिली।

उनकी आयु के लड़के समय मिलते ही शिकार के लिए निकल पड़ते थे, लेकिन अब्राहम को कभी शिकार का शौक नहीं हुआ। उन्हें बंदूक इतनी प्यारी नहीं थी जितनी पुस्तकें। अब्राहम शरीर में हृष्ट-पुष्ट और लम्बे कद का शक्तिशाली युवक थे। लेकिन शिकार में बेकसूर जानवरों की हत्या करना उन्हें पसंद नहीं था। उनकी माता की मृत्यु के चार वर्ष बाद उनकी बहन सारा का भी निधन हो गया। उसकी अकाल मृत्यु ने अब्राहम के हृदय पर बड़ी चोट लगी थी।

वकालत का काम

सन् 1832 में अब्राहम एक युद्ध की टोली के कप्तान नियुक्त किए गए। कुछ दिनों तक युद्ध में भाग भी लिया, लेकिन वहां सन्तुष्टि नहीं मिली। इसके बाद उन्होंने स्प्रिंगफील्ड निवासी कलहन के लिए संगामन प्रदेश का सर्वेयर बनकर पैमाइश का काम किया। इस कार्य के बीच में जब उन्हें अवकाश मिलता था तो अपने समय को परोपकार के काम में व्यय करते थे। दुःखी दरिद्रों की सहायता करना, उनके दुःख दूर करना, वह अपना धर्म समझते थे। वह इस बात की चिंता में रहते थे कि कहीं सबलों का निर्बलों पर अत्याचार तो नहीं हो रहा है। दुःखी मनुष्य को देखकर उनका हृदय पिघल जाता था और करुणा से भर जाता था। वह अपनी माता की प्रतिज्ञा निरंतर निभाते चल रहे थे।

अब्राहम की परिश्रम, न्याय, करुणा, दुःखी मनुष्यों के प्रति सहानुभूति और ईमानदारी हर व्यक्ति के मुख से गूंजने लगी थी। इन्हीं गुणों के कारण सन् 1833 में प्रसीडेंट जेक्सन महाशय ने इन्हें न्यू सेलम का पोस्ट मास्टर बना दिया। अब्राहम को इससे बड़ी खुशी हुई, क्योंकि अब उसे समाचार पढ़ने का अच्छा अवसर मिल गया। वहां भी उन्होंने बड़ी ईमानदारी से कार्य किया और लोकप्रिय पोस्टमास्टर बन बए।

अब्राहम के प्रति सभी लोगों की यह धारणा बन चुकी थी कि वह निर्धन जरूर है, लेकिन उसके बराबर न्यायकारी, परिश्रमी और ईमानदार कोई नहीं है। लोगों को यह भी पता चला गया था कि वह दीन-दुखियों

की सहायता करता है। लोग इन गुणों के कारण उन्हें श्रद्धा के भाव से देखने लगे थे।

उन दिनों इलोनोइज में प्रति दूसरे वर्ष व्यस्थापक सभा के सदस्यों का चुनाव हुआ करता था। अतएव सन् 1834 में फिर से चुनाव हुआ। इसमें

बहुमत के आधार पर अब्राहम सदस्य निर्वाचित हुए। 1376 मत उनके पक्ष में थे। इस शुभ समाचार से अब्राहम के मित्रों और शुभचिंतकों में हर्ष की लहर दौड़ पड़ी।

व्यवस्थापक सभा में काम करते हुए अब्राहम का माननीय जान टी. स्टुआर्ट से विशेष परिचय हो गया। स्टुआर्ट स्प्रिंगफिल्ड के एक प्रसिद्ध वकील थे उनमें मनुष्यों के गुण पहचानने की बड़ी योग्यता थी। अब्राहम को देखकर उन्हें इस बात का निश्चय हो गया कि यदि यह कानून पढ़ लेगा तो अवश्य संसार में बड़ा आदमी बन जाएगा। उन्होंने एक दिन अवसर पड़ने पर अब्राहम को कह ही दिया कि यदि आप कानून पढलें तो बहुत अधिक प्रगति कर सकोगे। लेकिन अब्राहम के पास धन का अभाव था। उन्होंने यह समस्या स्टुआर्ट के समक्ष रखी। उन्होंने परामर्श दिया कि पुस्तकों की व्यवस्था मैं कर दूंगा, केवल खाने और कपड़ों के लिए धन चाहिए। अब भी तो आप अपनी जीविका के लिए कमाते हो, थोड़े पैसे और कमा लेना। आप यदि लगन से पढ़ सकोगे तो यह कोर्स तीन वर्ष में पूरा हो जाएगा। स्टुआर्ट की प्रेरणा से उन्होंने कानून पढ़ने का पूर्ण संकल्प कर लिया।

अब्राहम पुस्तक पढ़ने के इतने अभ्यस्त हो चुके थे कि जब वह स्टुआर्ट से पुस्तक लेने गए तो 30 किमी पैदल चलकर गए और इतनी दूरी उन्होंने वापस लौटते हुए तय की। लेकिन लौटते हुए उन्होंने पुस्तक के 40 पृष्ठ कठंस्थ कर लिए थे। वह दिन में खेतों में सर्वे का काम करते थे और रात को निरंतर पढ़ते रहते थे। कानून को पढ़ने में अब्राहम ने जी तोड़कर परिश्रम किया। इस लक्ष्य को प्राप्त करने के लिए उन्होंने खाना-पीना, ओढ़ना-पहनना और मित्रों के साथ मिलना-जुलना भी छोड़ दिया था। कभी-कभी अब्राहम को सारी रात पढ़ते हुए बीत जाती थी, परन्तु वह थकता नहीं था। इस प्रकार कड़े परिश्रम के आधार पर वह सन् 1836 में वकालत पास कर गए।

उनका वकालत करने का ढंग भी सबसे अलग था। वह सत्य के प्रेमी थे, अतः कभी भी झूठे मुकदमे नहीं लेते थे और न कभी झूठ का समर्थन करते थे। एक बार एक अपरिचित उनके पास एक मुकदमा लेकर आया। अब्राहम ने देखा कि मुकदमा झूठा है। उन्होंने तुरंत साफ-साफ कह दिया कि मुकदमा झूठा है। मैं इसे नहीं ले सकता। इस पर उस व्यक्ति ने कहा कि आपको झूठ और सत्य से क्या मतलब है, आपको तो अपनी फीस से मतलब है। मुकदमे की जीत और हार से तो लाभ या हानि मुझे होनी है। आप मुकदमा ले लीजिए। अब्राहम ने उत्तर दिया—कदापि नहीं। वकील का काम झूठ का समर्थन करना नहीं है। आपका मुकदमा झूठा है। जिस धन के लिए आप दावा कर रहे हैं वह आपका है ही नहीं। मैं इस मुकदमे को लेकर अपनी आत्मा के साथ विश्वासघात नहीं कर सकता। इतने पर भी वह वह व्यक्ति नहीं माना। उसने पुनः कहा, "साहब जो फीस आप मांगेगे, सो हम देंगे। केवल आप हामारी प्रार्थना स्वीकार कर लीजिए।" अब्राहम ने इसके उत्तर में कहा, आप अपनी सम्पूर्ण सम्पत्ति भी दोगे तो भी मैं इस झूठे मुकदमे को नहीं ले सकता। मैं आपको एक शुभचिंतक के नाते यह सलाह देता हूं कि इस दावे को वापस ले लीजिए।

अब्राहम निर्धन लोगों से मुकदमे की पैरवी के लिए कोई फीस नहीं लेते थे। निर्धनों को न्याय दिलाना वह अपना धर्म समझते थे। एक दिन एक हब्शी बूढ़ी महिला रोती हुई उनके पास आई। अब्राहम के पूछने पर उसने बताया कि कुछ दिन हुए मैं केंटकी में हिंकल नाम के एक व्यक्ति के यहां गुलाम थी। वह मुझे और मेरे बच्चों को इलोनोइजम में ले आया था और यही उसने हमें स्वतंन्त्र कर दिया था। मेरा लड़का न्यू आरलिंयस गया था। वहां पर वह भूल से दूसरी रियासत के किनारे चला गया। पुलिस ने राज्य के अनुसार उसे कैद कर लिया है और यदि उसे जल्दी से न छुड़ाया जा सके तो उसे पुनः गुलाम बनाकर बेच दिया जाएगा। यह बात अब्राहम से सहन न हुई। क्रोध से उसका चेहरा लाल हो गया। उस समय उनके पास

मि. हर्नडम बैठे हुए थे। उन्होंने उसे कहा कि अभी दफ्तर जाइए और गवर्नर से पूछिए कि उस हब्शी को छुड़ाने के लिए क्या कोई प्रबंध नहीं किया जा सकता है? किंतु गवर्नर ने साफ कह दिया कि इस विषय में हम कुछ नहीं कर सकते। ऐसे कठोर कानून को सुनकर अब्राहम का शरीर कांपने लगा और बड़े आवेश के साथ कहा हे माता! मैं तेरे पुत्र को वापस बुलाकर रहूंगा, चाहे इसके लिए मुझे कितना भी बड़ा संघर्ष क्यों न करना पड़े, उन्होंने अपनी मां की प्रतिज्ञा दोहराई और उसे स्वतंत्र करा दिया।

अपनी मां को दिए गए सत्य पर चलने के वचन को वह निष्ठा से निभा रहे थे। वह मुकदमा लेते समय इस बात पर बल देते थे कि मुकदमा झूठा तो नहीं है। कई बार ऐसा भी हुआ कि मुकदमा झूठा लिया गया, लेकिन जब विपक्ष के वकील के तर्क के सामने उन्हें यह लगा कि मुकदमा झूठा लिया गया है तो वह बीच में ही मुकदमे से हट जाया करते थे। एक बार ऐसा ही हुआ और वह अदालत से बीच में ही बाहर चले गए। जब अदालत ने उन्हें बुलाना चाहा तो उन्होंने कहा, "मैं नहीं आ सकता, मेरे हाथ गंदे हैं और मैं बाहर उन्हें साफ करने आया हूं।"

एक बार एक हत्या के मुकदमे में अब्राहम लिंकन तथा एक अन्य वकील जिसका नाम स्वेट था, ये दोनों अपराधी की ओर से मुकदमा लड़ रहे थे, लेकिन मुकदमे के बीच में ही अब्राहम को यह विश्वास हो गया कि वे जिसके पक्ष में मुकदमा लड़ रहे हैं, वास्तव में ही वह हत्यारा है, तो उन्होंने साथी वकील को अलग कमरे में ले जाकर कहा कि यह अभियुक्त वास्तव में ही हत्यारा है। अतः मैं इसके पक्ष में मुकदमा नहीं लड़ूंगा। आप चाहे लड़ लें। अब्राहम तो मुक्त हो गए लेकिन स्वेट ने मुकदमा लड़ा और उसे ससम्मान बरी करा दिया। इसके लिए उसने फीस के रूप में काफी धन लिया।

ऐसे अनेक उदाहरण हैं, जिनमें अब्राहम ने अपने वकालत के पेशे में सत्य और ईमानदारी का परिचय दिया। बड़े-बड़े वकील तो क्या मजिस्ट्रेट

भी उनके तर्कों को गंभीरता से लेते थे। एक प्रसिद्ध वकील में जिन गुणों की आवश्यकता होती है, वे लिंकल मे पाए जाते थे। बहुत कम वकीलों में उन जैसी योग्यता थी। उन्होंने अपने मुकदमों में कभी अपनी फीस पर महत्त्व नहीं दिया। निर्धनों के मुकदमे मुफ्त में ही लड़ते थे। अपने धनी मुवक्किलों से भी अधिक धन नहीं लेते थे।

उनकी उदारता उनके हर काम में दिखाई देती थी। वकील हो जाने के बाद अब्राहम कुछ धन अपने माता-पिता के पास भेजा करते थे। उनके पिता की जमीन 600 रुपये में गिरवी रखी हुई थी। उसे उन्होंने छुड़ा दिया था।

उनके दोनों सौतेले भाई गरीब थे, अतः वह उन्हें भी सहायता देते थे उनका अपनी सौतेली मां से बहुत लगाव था। वह उनके पास भी आते-जाते थे। उन्होंने ढाई हजार की जमीन खरीदकर अपनी माता के नाम कर दी थी।

सन् 1842 में जब अब्राहम लिंकन की आयु 33 वर्ष की थी, उन्होंने केंटुकी के माननीय राबर्ट एस. टाड की लड़की मिस मेरी टाड से शादी कर ली। शादी के बाद वह कई वर्ष तक वकालत करते रहे। उनके चार लड़के हुए, जिनमें से एक बचपन में ही मर गया, एक बारह वर्ष की आयु में मृत्यु को प्राप्त हुआ और तीसरा 20 वर्ष की आयु में चल बसा। अंत में केवल एक ही बच सका।

उनकी पत्नी एक नेक महिला थीं और धर्म मे पूर्ण आस्था रखती थीं। प्रत्येक रविवार को गिरजे में जाया करती थी। यद्यपि अब्राहम गिरजा के सदस्य नहीं थे, तथापि उनके साथ गिरजा जाया करते थे। सार्वजनिक संस्थाओं से इन्हें बड़ा प्रेम था। यथासामर्थ्य उनकी आर्थिक सहायता भी किया करते थे। उनका बचपन का पढ़ने का शौक अब तक भी बना हुआ था, बल्कि और अधिक बढ़ता जा रहा था।

व्यवस्थापक सभा के सभासद

सन् 1834 में प्रथम बार अब्राहम को व्यवस्थापक सभा में जगह मिल गई थी। वहां उन्होंने सर्वोत्तम काम करके यह सिद्ध कर दिया था कि वह इस पद के लिए सर्वप्रकार से योग्य हैं। सन् 1836 में वह अपने इन्हीं गुणों के कारण पुनः चुन लिए गए। कौंसिल में भाषण देने का उन्हें ऐसा अभ्यास हो गया कि वह इलोनोइज में प्रसिद्ध वक्ता समझे जाने लगे। कौंसिल में काम करते हुए उनकी विख्यात व्यक्तियों से जान पहचान हो गई। अभी तक उनकी गरीबी नहीं गई थी। वह पार्लियामेंट सभा में जो वहां से 120 किमी. दूर स्थित थी, पैदल ही आया-जाया करते थे। उन दिनों रेल का प्रचलन न था और अन्य प्रतिनिधि घोड़ों से आया-जाया करते थे। कपड़ा भी उनके शरीर पर हलका ही रहता था।

इस बार चुने जाने के बाद उनके सामने दास प्रथा का प्रश्न उपस्थित हुआ। कुछ लोग पहले से ही दास प्रथा के कट्टर विरोधी थे और दास प्रथा के विरोध में घोर आंदोलन कर रह थे। वे स्थान-स्थान पर व्याख्यान देते, पुस्तकें बांटते और लोगों को दासत्व के विरुद्ध उत्तेजित करते थे। राज्य इन लोगों को दबाने का काम कर रहा था। कौंसिल में भी इन्हें दबाने का प्रश्न उठा। कुछ लोगों ने दास प्रथा के पक्ष में प्रस्ताव कर डाले और कौंसिल के शेष सदस्यों को डरा धमकाकर तथा लालच देकर अपने पक्ष में कर लिया। पर अब्राहम ने उनकी बातों को मानने से इंकार

कर दिया। उन्होंने साफ-साफ कह दिया कि दास प्रथा के पक्ष में प्रस्ताव करना सरासर अन्याय है। यह मानवता और राजनीति के विरुद्ध भी है। सन् 1836 से सन् 1838 तक वह बराबर कौंसिल में दास प्रथा के विरुद्ध लड़ते रहे। इन्हीं दो वर्षों के बीच राजधानी, वेंडेलिया से स्प्रिंग फिल्ड में लाई गई। इस परिवर्तन से राज्य को जो लाभ हुआ उसका श्रेय अब्राहम को ही जाता है।

सन् 1838 में अब्राहम तीसरी बार और फिर 1840 में चौथी बार प्रतिनिधि चुने गए। सन् 1846 में वह कांग्रेस के लिए चुने गए। इस बार उनके पक्ष में बहुत ज्यादा मत थे। 6 दिसम्बर सन् 1847 में वह प्रतिनिधि सभा के लिए चुने गए। इलोनोइज विग नामक दल से, जिसके वह अनुयायी थे केवल एकमात्र यही प्रतिनिधि थे। अतएव लोग उनसे बहुत प्यार करते थे। इसी वर्ष स्टेफन, ए. डगलस यूनाइटेड स्टेट्स सीनेट के सीनेटर हुए। ये इलोनोइज की दूसरी पार्टी से थे।

इस समय देश में दो ब्रातों पर बड़ी हलचल मची हुई थी। एक तो दास प्रथा के पक्षधर मेक्सिको के साथ युद्ध हो रहा था, जो अब्राहम के अनुसार सर्वथा अनुचित और अन्यायपूर्ण था। दूसरे टेक्सज के राज्य में भी दासता का समर्थन किया जा रहा था। अब्राहम ने इस प्रथा को मानवता पर कलंक माना और उसके विरुद्ध आवाज उठाई। कांग्रेस में इन दो वर्षों में बहुत वाद-विवाद हुआ। उन्होंने हर बार इस प्रथा का डटकर विरोध किया और इस बात की घोषणा की कि यदि अमेरिकावासी दासत्व का पक्ष लेते रहेंगे, तो एक दिन अवश्य ईश्वर इस देश का सत्यानाश कर देगा। उन्होंने कांग्रेस में कम-से-कम 42 बार इस प्रथा का विरोध किया। लेकिन तब उन्हें बहुत दुःख हुआ जब उनके सामने ही बुद्धिजीवी कहे जाने वाले लोग दास प्रथा के पक्ष में खड़े पाए गए। ऐसी अवस्था में वह इस गंदी राजनीति से अलग हो गए और उन्होंने सन् 1848 तथा 1950 में कोई चुनाव नहीं लड़ा। वह अपने परिवार के साथ अंग्रेजी और अमेरिकन साहित्य के अवलोकन में चले गए। अब उनके पास पढ़ने का काफी

समय था। अतः एकांत में रहकर उन्होंने स्वाध्याय द्वारा अपना ज्ञानवर्धन किया। अब उनकी आयु 40 वर्ष के लगभग हो चुकी थी।

सन् 1854 तक अब्राहम लिंकन घर पर ही रहे। इस बीच कांसा और नेबरास्का के प्रदेशों को यह अधिकार मिल गया कि वे चाहें तो दास प्रथा को समाप्त कर दें या यथास्थिति रहने दें। इसका परिणाम यह निकला कि उन प्रदेशों ने इसे समाप्त न करके यथावत रहने दिया। इस राजनैतिक अन्याय से अब्राहम का खून खौल उठा। अब उन्हें पूर्ण विश्वास हो गया कि बिना कुछ किए यह दास प्रथा नहीं मिट सकेगी। इस प्रथा के बिल के नेता जज डगलस थे। उनका मत था कि प्रत्येक जाति को इस बात का अधिकार है कि चाहे वह जिस प्रथा को जारी रखे या तोड़ दे। इस प्रश्न पर अब्राहम और डगलस में वाद-विवाद होने लगा। अपनी सम्पूर्ण शक्ति से उन्होंने डगलस की बातों का मानवीय और नैतिक दृष्टि से ऐसा उत्तर दिया कि डगलस भी उनकी बातों को काट न सके। उनका इससे संबधित लेख समाचार पत्र में प्रकाशित हुआ। उनके दास प्रथा के विरुद्ध दिए गए तर्कों का समस्त श्रोताओं पर सकारात्मक प्रभाव पड़ा। इस लेख से डगलस के बिल की धज्जी उड़ा दी गई। सबने यह विश्वास व्यक्त किया कि अब्राहम के इस लेख से अमेरिकनों की भावनाएं मानवीय हो सकेंगी। चारों ओर अब्राहम की प्रशंसा होने लगी।

सन् 1850 में अब्राहम लिंकन और डगलस में फिर विवाद छिड़ गया। डगलस ने दास प्रथा को शास्त्रसम्मत सिद्ध करने की कोशिश की। इसे ईश्वर की व्यवस्था का एक अंग तक बता दिया। लिंकन ने उन्हें शास्त्रार्थ की चुनौती दे डाली। ओटावा, फ्रीपोर्ट, जोसबारो, चारलेस्टन, गेलसवर्ग, कुंईसी, और एस्टन में उन दोनों के कई विद्वतापूर्ण शास्त्रार्थ हुए। डगलस बड़ा सज-धज के स्पेशल गाड़ी में गाजे-बाजे और तोपों की आवाज के साथ जाता था, परन्तु अब्राहम लिंकन बिल्कुल चुपचाप सीधे-साधे तौर से जाते थे, परन्तु प्रत्येक शास्त्रार्थ में विजयी होते थे। इन शास्त्रार्थों के

कारण देश के इस छोर से उस छोर तक सब जगह उनका नाम प्रसिद्ध हो गया। एक स्थान पर शास्त्रार्थ में श्रोताओं को ऐसा जोश आया कि वे अपने को वश मे न कर सके। उन्होंने लिंकन को शास्त्रार्थ स्थल से उठा लिया और अपने कंधे पर बैठाकर जय-जय करते होटल तक ले गए। उन्होंने अपने व्याख्यानों में दासत्व की बुराइयों को दिखाकर श्रोताओं से दास प्रथा को समाप्त करने की अपील की। एक शास्त्रार्थ के अंत में उन्होंने कहा, "जब तक हमारे देश में विचार प्रकट करने की स्वाधीनता है, सूर्य और चंद्रमा का प्रकाश है, पृथ्वी और आकाश विद्यमान है। मैं दास प्रथा के विरुद्ध बोलता रहूंगा और आपका ध्यान उनकी स्वाधीनता की ओर आकर्षित करता ही रहूंगा। इसके लिए चाहे आप मेरे साथ कैसा भी व्यावहार करें। भले ही आप मुझे सीनेट में स्थान न दें और फांसी पर

लटका दें, मैं इसकी कुछ परवाह नहीं करता। मैं आपसे पुनः यही प्रार्थना करता हूं कि अमेरिका को जो स्वतंत्रता प्राप्त है, उसे आप दासत्व के कलंक से कलंकित न करें।"

लिंकन का सबसे बड़ा शास्त्रार्थ 17 फरवरी सन् 1860 को हुआ। विलियम कलेन ब्रायंट उस दिन के सभापति थे। श्रोताओं की अथाह भीड़ ने उनका भारी स्वागत किया। उन्होंने अपने व्याख्यान के अंत में कहा, "हमको चाहिए कि हम उनके प्रति करुणा, न्याय, सहानुभूति और प्रेम के साथ व्यवहार करें, जिन्हें हमने अपने अन्यायपूर्ण निर्णयों द्वारा मानवाधिकारों से वंचित किया हुआ है। इस संम्बध में हमारा कर्तव्य क्या है, अब इस संबंध में कुछ कहना बाकी नहीं है। हमें अपने कर्तव्यों से गिरना नहीं चाहिए। चाहे लोग हमारी बुराई करें, चाहे हमारे राज्य को हानि पहुंचाएं, चाहे हमें कितने बड़े दुःख भी क्यों न उठाने पड़ें, इन बातों की परवाह नहीं करनी है। हमें यह विश्वास रखना चाहिए कि अंत में सत्य की ही जीत होती है। इसी विश्वास पर हमें अंत तक कर्त्तव्यमार्ग पर आरुढ़ रहना चाहिए।

इस स्थिति में आकर लिंकन का जीवन बदल चुका था। अब उनका नया जीवन प्रारंभ हो चुका था। इस समय उनके संबंध में एक लेखक ने निम्न प्रकार वर्णन किया है–

लिंकन की लम्बाई छह फीट चार इंच थी। शरीर मोटा हृष्ट-पुष्ट नहीं था, बहुत दुबला-पतला था। उनकी भुजाएं लम्बी थी, परन्तु इतनी भी लम्बी नहीं कि शरीर के अनुपात में भद्दी दिखाई दें। वह धीरे-से देखभाल करके चलते थे। उनका सिर नीचे झुका रहता था और हाथ पीछे की ओर बंधे रहते थे। उनकी पोशाक अच्छी और सुंदर नहीं हुआ करती थी, लकिन स्वच्छ अवश्य होती थी। यद्यपि वह बेपरवाह रहते थे, लेकिन आलसी नहीं थे। वह बड़े सभ्य और सरल स्वाभाव के मनुष्य थे। वह लोगों से प्रसन्नता से मिलते थे, परंतु उनकी बातों में दिखावा जरा-सा

भी नहीं होता था। उनका चेहरा यद्यपि सुंदर नहीं था, लेकिन नेत्रों में अनेक सपने दिखाई देते थे। उनके रहने का ढंग बड़ा सीधा-साधा था। सदा ही सादा और जल्दी पचने वाले भोजन किया करते थे। शराब से उन्हें घृणा थी। तम्बाकू को कभी छूते नहीं थे। न किसी को गाली देते थे और न अपशब्दों का प्रयोग करते थे। न कभी जुआ, लाटरी आदि खेलों में सम्मिलित होते थे। उन्हें वकालत में साधारण आमदानी ही होती थी, परंतु वह उनके लिए पर्याप्त थी। जहां लोगों को धन कमाने की लगन लगी रहती है वहां उन्हें ज्ञान की धुन लगी रहती थी। उनका घर छोटा था, जो लकड़ी का बना हुआ था, परन्तु साज-सज्जा में ठीक-ठाक था। घर के चारों और पेड़ और फूल के पौधे लगे हुए होते थे।

राष्ट्रपति का पद

मार्च सन् 1861 में यूनाइटेड स्टेट्स के तत्कालीन प्रेसीडेंट की अवधि पूरी होने वाली थी। अतः नवीन प्रेसीडेंट के चुनाव के लिए 18 मई सन् 1860 को शिकागों मे एक बड़ी सभा हुई, जिसमें तमाम रियासतों से 465 प्रतिनिधि उपस्थित हुए। न्यूयार्क की ओर से एवर्टस ने सीवार्ड के नाम का प्रस्ताव किया और इलीनोइज की ओर से मिस्टर जुड ने अब्राहम लिंकन का। दोनों पार्टियों के समर्थकों ने चुनाव में पूरी ताकत झोंकी लेकिन लिंकन के पक्ष में 235 मत पड़े और वह सभापति पद के लिए चुन लिए गए। सभाभवन से बाहर लोगों की अथाह भीड़ लगी हुई थी। चारों ओर खुशियां मनाई जा रही थी। खुशी के शोरगुल के बीच सभा की आगे की कार्रवाई स्थागित रही। शोर कम होने पर सभा की कार्रवाई शुरू हुई। सभी के सभी रियासतों ने एक मत होकर अब्राहम लिंकन को सभापति पद के लिए प्रस्ताव किया जो सर्वसम्मति से पारित हो गया। कहते हैं कि उस समय इतने उत्साह का वातावरण बना हुआ था कि सब लोग खुशी से झूम रहे थे। जिसने कभी शराब नहीं पी थी, वह भी शराबी जैसा व्यवहार कर रहा था।

जब शिकागो में यह चुनाव का काम चल रहा था। लिंकन वहां से 25 किमी. दूर स्प्रिंगफील्ड के दफ्तर में बैठे हुए थे। यद्यपि ऐसे समय में चिंता का होना स्वाभाविक था, लेकिन लिंकन निश्चित भाव से बैठे हुए

वहां मित्रों से बातें कर रहे थे। इतने में एक लड़का उनके कमरे में गया और यह शुभ सूचना दी। इस सूचना पर सभी साथी खुशी से झूम उठे। लिंकन ने इस पर कोई उत्तेजनात्मक प्रतिक्रिया नहीं दी। उन्होंने बड़ी नम्रता से ईश्वर का धन्यवाद किया। तभी एक मित्र ने इस खुशी के अवसर पर उन्हें थोड़ी-सी शराब पीने के लिए दी। लिंकन ने शराब हाथ में लेकर अन्य मित्र से पूछा कि इसका मैं क्या करूं। मैंने तो अपने जीवन में कभी एक घूंट भी शराब नहीं पी है और न अब पीना चाहता चाहता हूं। उन्होंने अपने उस मित्र से कहा, "प्रिय मित्र? मैं आपका सम्मान करता हूं, इसलिए आप द्वारा भेंट की गई किसी भी वस्तु को स्वीकार करने में मुझे संकोच करना नहीं चाहिए, लेकिन क्या इस स्थिति में आप मेरे संकल्प की रक्षा कर सकेंगे।"

उनके मित्र ने उनकी विवशता को समझा और कहा कि हमारे लिए आपका संकल्प कहीं अधिक महत्त्वपूर्ण है। यदि आपने शराब न पीने का संकल्प किया हुआ है तो आप इसे मुझे वापस कर दीजिए। मैं बुरा नहीं मानूंगा। आपको इसलिए राष्ट्रपति का पद दिया गया है कि आप अपने सिद्धांतों पर चलकर अपने संकल्प को पूरा करें। उन्होंने अन्य मित्रों से भी कहा, "प्यारे मित्रो! मैं स्वयं शराब कभी नहीं पीता, अतः आपको भी नहीं पिला सकता। मैं समझता हूं कि हम ठंडा पानी पीकर इस खुशी में सम्मिलित हों।" यह कहते हुए लिंकन ने वहां रखे पानी के गिलास को उठाया और पीना शुरू कर दिया। फिर तो सभी ने ठंडे पानी से ही इस उत्सव को सम्पन्न किया।

जबसे अब्राहम लिंकन राष्ट्रपति पद के लिए नामजद हुए और तब तक उनका सारे देश द्वारा निर्वाचन नहीं हुआ, कई महीने बीत गए। इस बीच उनके मित्रों ने उनका खूब आदर सत्कार किया, परन्तु उनके विरोधियों ने बुरी तरह से उनकी निंदा की। उन दिनों लिंकन की मानसिक वेदना बढ़ी हुई थी। रातों को नींद भी नहीं आती थी। 6 नवम्बर को देश में निर्वाचन

हुआ, उसमें अब्राहम को 18,57,610 और डगलस को 13,65,976 मत मिले। लिंकन को विजयी घोषित कर दिया गया।

इस समय लिंकन दूर एकांत में बैठे हुए थे। उन्हें पता था कि उत्तर में उनके निर्वाचन से हर्ष की लहर उमड़ रही है, लेकिन दक्षिण में विद्रोह की घटाएं छाई हुई हैं, लेकिन उनका ईश्वर पर अटूट विश्वास था। वह इन

बातों को ईश्वर पर छोड़ देते थे। अब वह समय आ गया था। जब उन्हें स्प्रिंगफील्ड से वाशिंगटन के लिए प्रस्थान करना था। स्प्रिंगफील्ड छोड़ते हुए उन्होंने कहा, "मित्रो, इस समय आपके वियोग से जो दुःख मुझे हो रहा है, उसे केवल मैं ही जान सकता हूं। मैंने जो भी कुछ प्राप्त किया, आपके सहयोग से ही वह संभव हो सका है। यहां आपके बीच रहते हुए मुझे 25 वर्ष हो चुके हैं। मैं नहीं कह सकता कि अब आप लोगों के दर्शन कब होंगे। इस समय मेरे ऊपर जितनी जिम्मेदारी है, उसे आप अच्छी तरह समझ रहे हैं। मैं यह जिम्मेदारी सफलतापूर्वक निभा सकूं, आप ईश्वर से मेरे लिए प्रार्थना कीजिए। बस इन्हीं शब्दों के साथ मैं आपसे विदा लेता हूं।

स्प्रिंगफील्ड से जाते समय अब्राहम लिंकन ने अपनी विमाता से अंतिम भेंट की। माता ने उन्हें गले से लगा लिया। दोनों इतने भावुक हुए कि आंखों से अश्रुधारा बह निकली। बहुत करुणामय दृश्य बना गया था। मां हिचकियां भर रही थी और कह रही थी कि मुझे भय है, कहीं तुम्हारे शत्रु तुम्हें कोई हानि न पहुंचा दें। लिंकन ने कहा, "नहीं माता! घबराओ मत। डरने की कोई बात नहीं है। ईश्वर पर भरोसा रखो, वह सब अच्छा ही करेगा।"

इसके बाद लिंकन शिकागो गए। वहां पर उनका बड़ी धूम-धाम से स्वागत किया गया। उन्हें बधाई देने वालों की बहुत बड़ी संख्या उन्हें घेरे खड़ी थी। कोई टोपी उतारकर उसे हिलाते हुए उनका अभिवादन कर रहा था। कोई जयघोष कर रहा था और कोई खुशी से नृत्य कर रहा था। वह आगे बढते रहते थे और हाथ मिलाते जाते थे। इस अफरा-तफरी में कितने ही लोग गिर पड़ते थे। उनकी एक झलक पाने के लिए भीड़ पागल-सी हो उठी थी। छोटे-छोटे बच्चे भी उनके स्वागत के लिए उमड़ पडे थे। उनके हृदय की विशालता, करुणा, न्याय और दासों की स्वतंत्रता की भावना ने उन्हें महानायक बना दिया था। वह जिधर से निकलते उनके पीछे-पीछे भीड़ बढ़ती जाती थी। एक टूटी-फूटी झोपड़ी में जन्म

लेकर सर्वोच्च पद पर आसीन होना, यह एक चमत्कार था, जो अमेरिकनों ने खुशी के साथ देखा था।

उन्हें अब वाशिंगटन के लिए आगे बढ़ना था। रास्ते में लागों की भीड़ उनके स्वागत के लिए तैयार खड़ी मिलती थी। वह उनके स्वागत की सुंदर प्रतिक्रिया देते और संक्षिप्त भाषण देते हुए आगे बढ जाते थे। उनके भाषण का प्रमुख अंश दास प्रथा का विरोध करना ही होता था। वह अपना मत रखते हुए कहते थे, "दासत्व बुरी चीज है। मानवता के लिए लज्जा और निंदा की बात है। ईश्वर की दृष्टि में सब समान है।" लेकिन उनके इस अभियान के विरोध में अनेक शत्रु खड़े हो गए थे।

विरोधियों के षड्यंत्र

अब्राहम लिंकन ने अपनी माता की कब्र के सामने जो प्रतिज्ञाएं की थी वह उन्हें दोहराते रहते थे। उन प्रतिज्ञाओं में दास प्रथा को समाप्त करने की एक ऐसी प्रतिज्ञा थी जो उनके जी का जंजाल बन चुकी थी। अमेरिका के लोगों की एक बड़ी संख्या दास प्रथा को समाप्त करने के पक्ष में नहीं थी। दास प्रथा की समाप्ति को वे अमेरिका के विकास में बाधा मानते थे। क्योंकि वहां सस्ती दर पर काम करने के लिए मजदूरों की आवश्यकता थी और इतने सस्ते मजदूर दास ही हो सकते थे। दासों का खरीदना और बेचना भी आसान था। लेकिन अब्राहम इस प्रथा को अमानवीय मानकर इसके विरुद्ध खड़े हुए थे। इस कारण वह दास प्रथा के समर्थकों की आंखों में चुभने लगे। वे समर्थक लोग उन्हें अपने रास्ते से हटाने के लिए उनकी हत्या तक का षड्यंत्र रचने लगे थे। लिंकन को इस स्थिति की जानकारी थी, लेकिन वह निडर व्यक्ति थे। ऐसी बातों से घबराने वाले नहीं थे। अतः अपने विचारों पर दृढता से डटे हुए थे। न्यूजरसी नगर में उन्होंने कहा था, "मैं वही काम करूंगा, जो मुझे ठीक मालूम लगेगा। मुझे किसी व्यक्ति विशेष या जाति से द्वेष नहीं है। मैं सबको समान दृष्टि से देखता हूं। जहां तक मुझसे बन सकेगा मैं कठिनाइयों को दूर करके शांति, न्याय और समानता के लिए काम करूंगा।"

यह बात लिंकन से छिपी हुई नहीं थी। कि रास्ते में शत्रु उनके पीछे

लगे हुए हैं और उस अवसर की तलाश में हैं, कब उन पर आक्रमण किया जाए। जैसे ही वह स्प्रिगंफील्ड से चले थे तो शत्रुओं ने ऐसी व्यवस्था की थी कि उनकी गाड़ी दुर्घटनाग्रस्त हो जाए, लेकिन वह सौभाग्यशाली रहे कि ऐसा नहीं हुआ। जैसे ही गाड़ी सिनसिनेटी में पहुंची, वहां उसमें एक गोला रखा पाया गया, लेकिन उचित समय पर उसका विस्फोट नहीं हो सका। एक जासूस उन्हें लगातार सूचना दे रहा था कि अब वह खतरे में हैं या सुरक्षित चल रहे हैं। जासूस ने उन्हें यह सूचना दी थी कि वह वाल्टीमोर में अपनी सुरक्षा की पक्की व्यवस्था कर लें, क्योंकि शत्रुओं ने योजना बनाई हुई है कि उन्हें वहां से जीवित न निकलने दिया जाए। उस कार्य के लिए शत्रुओं ने एक ऐसे व्यक्ति को नियुक्त कर रखा था जो उनका गोली से काम तमाम कर दे। वह व्यक्ति मित्र के रूप मे उसी गाड़ी में चल रहा था, जिसमें लिंकन बैठे हुए थे। जासूस ने उन्हें कहा कि वह अपनी यात्रा आज यहीं समाप्त कर लें, लेकिन लिंकन को कल तक पेंसिलवेनिया जरूर पंहुचना था। अतः उन्होंने जासूस से कहा कि मुझे कल वहां जरूर पहुंचना है। यदि यात्रा स्थागित कर दी गई तो नहीं पहुंच सकूंगा। मुझे वहां दो काम हैं, जो कल ही सम्पन्न होने हैं। पहला—स्वाधीनता के भवन में झंडा फहराना है, क्योंकि कल वाशिंगटन के जन्मदिन की वर्षगांठ है। दूसरा—मैंने कल पेंसिलवेनिया की व्यवस्थापक सभा के स्वागत का निमंत्रण स्वीकार कर लिया है। चाहे मेरा जीवन रहे या चला जाए, मुझे ये दोनों कार्य कल अवश्य करने हैं। इसी बीच उनके पास वाशिंगटन से दूसरा संदेश आ गया कि रास्ते में उनकी जान को खतरा है, इसलिए अपनी सुरक्षा को सुनिश्चित करते हुए पूर्ण सावधानी के साथ आएं। उन्होंने अपनी यात्रा जारी रखी और स्वाधीनता भवन में पहुंचकर लोगों को संबोधित किया, आज मैं उस स्थान पर खड़ा हूं, जहां पर नीति, शिक्षा, उद्‌देश्य की दृढ़ता, देशहित और हमारे राज्य का संगठन हुआ था। आप लोगों ने कहा है कि वर्तमान में देश की अशांति

को रोककर शांति स्थापित करना मेरे हाथों में है। इसके उत्तर में मैं कह सकता हूं कि मेरे जो राजनैतिक विचार हैं, उन सबको मैंने उन्हीं भावों के साथ लिया है, जिनकी उत्पत्ति इस स्वाधीनता के मंदिर में हुई हो और जो संसार में इसी मंदिर से प्रसिद्ध हुए हैं। मेरे राजनैतिक विचारों में एक भी ऐसा नहीं है जो स्वाधीनता के घोषणापत्र में न हो।

"मैंने कितनी ही बार उन आपत्तियों पर विचार किया है, जो उन सब लोगों को उठानी पड़ी है, जिन्होंने इस मंदिर में एकत्रित होकर घोषणापत्र को बनाया और उसे प्रकाशित किया। मैंने उन कठिनाईयों पर भी विचार किया है, जो सेना के उन कर्मचारियों और सिपाहियों ने सहन की है, जिन्होंने अंत में स्वाधीनता प्राप्त की। हमें उस भाव की रक्षा करनी है, जिसने न केवल इस देश को, बल्कि भविष्य में सम्पूर्ण जगत को स्वतंत्रता दी जा सकेगी। मुझे विश्वास है कि यदि हम सही दिशा में चलते रहे, तो एक दिन दासता का बोझ मनुष्यों के कंधों से उठ जाएगा। हमारा यह स्वतंत्रता का सिद्धांत महत्त्वपूर्ण सिद्धांत है। हमें इसे छोड़ने पर ही शांति की आशा की जाती है, तो मैं इस स्थान पर मरना अच्छा समझता हूं, परन्तु सिद्धांत को छोड़ना अच्छा नहीं समझता। मेरी दृष्टि में वर्तमान दशा को देखते हुए युद्ध या रक्तपात की आवश्यकता नहीं है और मैं यह कह सकता हूं कि तब तक रक्तपात न होगा जब तक कि राज्य को इसके लिए बाध्य नहीं किया जाएगा।"

अभी अभिषेक दिवस नहीं आया था। परन्तु उसके लिए तैयारियां चल रही थीं। जनरल स्काट सेना को तैयार कर रहे थे। लोगों को इस बात का भय लगा हुआ था कि शत्रुगण उस दिन लिंकन पर प्राणघातक हमला कर सकते हैं। यह समय उनके लिए बड़ा कठिन था। इस कारण भय और भी बढ़ गया था, क्योंकि वाशिंगटन की मुख्य सभी पार्टियां लिंकन और उनके सिद्धातों से घृणा करती थी और उन लोगों से सहानुभूति रखती थी जो उन्हें रास्ते से हटाने का काम कर रहे थे। उन्हें इस बात का डर था

कि अब्राहम के सत्ता में आने से दास प्रथा का राजधानी से सर्वनाश हो जाएगा। उनकी इच्छा थी कि यदि लिंकन की हत्या संभव न हो तो उसके विरुद्ध विद्रोह करके उसे वापस इलीनोइज भेज दिया जाए और उसके स्थान पर व्हाइट हाउस में जेफरसन डेविस को प्रतिष्ठित किया जाए।

लिंकन राजधानी में सबेरे सबरे छह बजते ही पधारे। सब कुछ पता होते हुए भी वह किसी दुर्घटना की आंशका से चिंतित नहीं थे। उनका साहस और दृढ़संकल्प मानो उनकी अगवानी कर रहे थे। उस समय कम लोगों को ही उनके वहां पधारने की आशा थी। यह आवश्यक समझा गया था कि उनके जीवन की रक्षा का विशेष रूप से प्रबंध किया जाए। वह अकेले ही गाड़ी से पधारे। उनकी स्त्री और बच्चे बाद में आए। लोगों को उनके वहां पहुचने पर जिस भव्य स्वागत की आशा की थी वह कहीं भी दिखाई नहीं दे रहा था। उनकी अगवानी के लिए बीस आदमी भी नहीं थे, जो भी थे उन्होंने भी केवल दिखावे-भर के लिए स्वागत का ढोंग रचा था। उनके जो गिने-चुने शुभचिंतक थे, वे भी किसी अनहोनी की आंशका से ग्रस्त दिखाई दे रहे थे। एक क्रांति जन्म ले रही थी, लेकिन प्रतिक्रांति के भय से सब कुछ ठहरा हुआ सा लग रहा था, न वातावरण में उत्साह न जयघोष के ऊंचे स्वर और न नृत्य आदि का आयोजन।

अभिषेक (राजतिलक) और युद्ध

जिसकी लोगों को प्रतीक्षा थी, वह अभिषेक का दिन भी आ पहुंचा। उस दिन नवीन राष्ट्रपति के मित्र हजारों की संख्या में चारों ओर से आ पहुंचे थे। पुलिस के सिपाही अपने गणवेश में सर्वत्र फैले दिखाई दे रहे थे। नगर के अनेक विद्यालय और कार्यालय खुशी में बंद कर दिए गए थे। हर जगह ध्वजा और पताकाएं उड़ रही थी। जो लोग सभा भवन के अंदर थे, वे पहले तथा नवीन राष्ट्रपति के शुभागमन की बड़े उत्साह से प्रतीक्षा कर रहे थे। जिस समय उन्होंने भवन में प्रवेश किया, तालियों की गड़गड़ाहट और जयघोषों से सारा भवन गूंज उठा। साधारण कार्यावाही के बाद निर्वाचित राष्ट्रपति का भाषण प्रारंभ हुआ, जिसे समस्त श्रोताओं ने बड़े ध्यान से सुना।

अमेरिकावासी जिस बात की कल्पना कर रहे थे, अंततः वही हुआ। राजतिलक के सम्पन्न होते ही सात रियासतों ने लिंकन के विरुद्ध विद्रोह कर दिया। अन्य अनेक स्थानों पर भी अशांति के चिह्न दिखाई देने लगे। युद्ध की संभावना तो पहले से ही बनी हुई थी, वह साकार हो गई और युद्ध शुरू हो गया। शत्रुओं ने कई किलों पर अपना अधिकार कर लिया। फोर्ट शहर में कुछ बहादुरों ने शत्रुओं का वीरतापूर्वक सामना किया। 33 घंटों तक किले पर गोलाबारी होती रही। अंत में 14 अप्रैल सन् 1861 में शत्रुओं ने किले पर पूर्ण अधिकार कर लिया। लिंकन ने विद्रोह को

दबाने के लिए संयुक्त प्रांत की रियासतों से 75,000 सेना की व्यवस्था की। सेना को आदेश दिया गया कि वह उन किलों, स्थानों और माल पर अपना अधिकार कर लें, जिनको शत्रुओं ने अपने अधिकार में कर लिया है। सेना को यह भी आदेश दिया गया कि देश के किसी भी भाग में शांतिप्रिय नागरिकों को किसी प्रकार का कोई कष्ट न हो पाए। लिंकन ने सेना को यह भी आज्ञा दी कि जो सेना इस समय युद्धस्थल पर जाएगी, वह 20 दिन में अपने घर शांति के साथ जा सकेगी। लिंकन ने पार्लियामेंट के सदस्यों के लिए यह भी सूचना निकाली कि वे 4 जुलाई को ठीक 12 बजे पार्लियामेंट में उपस्थित हों, जिससे इस बात पर विचार किया जा सके कि इस युद्ध की स्थिति में जनता के हित के लिए किन-किन उपयों को काम में लाया जाए।

विद्राहियों का साहस बढ़ता जा रहा था। उन्होंने दक्षिण के लगभग

सभी बंदरगाह अपने नियंत्रण में ले लिए थे। यहां तक ही नहीं, उन्होंने उत्तर प्रांत के तोपखानों और गोला-बारूद आदि को भी लूट लिया था और डाकव्यवस्था को भी ध्वस्त कर दिया था। उनका सामना करने के लिए उत्तर की प्रत्येक रियासत से धन, आदमी और हथियार आने शुरू हो चुके थे और सेना तैयार होकर वाशिंगटन को जाने लगी थी, लेकिन रास्ते में सेना की एक टुकड़ी को शत्रु सेना ने घेर लिया दोनों ओर से घोर युद्ध हुआ, जिसमें अनेक सैनिक मारे गए और घायल हुए। लेकिन इस लड़ाई का लाभ यह रहा कि उत्तर के सैनिकों में जोश आ गया। वे इस बात से क्रोधित हो उठे थे कि उन पर धोखे से आक्रमण किया गया। यह समय लिंकन के लिए बड़ा कठिन था। इधर तो युद्ध भयंकर रूप लेता जा रहा था और उधर उनकी पत्नी और बच्चे बीमार पड़ गए थे।

इस युद्ध के प्रारम्भ में ही एक बात अवश्य लिंकन के पक्ष में रही कि उनके धुर-विरोधी डगलस ने लिंकन से समझौता कर लिया और दोनों शत्रु सेना को परास्त करने में लग गए। अब युद्ध का और अधिक विस्तार हो चुका था। 10 जून को बिगबेथल की लड़ाई हुई, जिसमें कई सैनिक ऐसे मारे गए जो लिंकन के अत्यंत निकट थे। लिंकन उनकी मृत्यु से बहुत दुःखी हुए। 16 जुलाई को लगभग 30000 सैनिकों ने युद्ध के लिए कूच किया और 21 जुलाई को शत्रु सेना पर धावा बोल दिया, लेकिन दुर्भाग्यवश लिंकन की सेना की पराजय हुई। इस युद्ध में लिंकन के पक्ष के 480 आदमी मारे गए और हजारों घायल हुए।

इस लड़ाई का परिणाम निश्चय ही देश को निराश करने वाला था, परन्तु लोगों ने साहस नहीं छोड़ा। उन्हें विश्वास था कि युद्ध किसी निजी स्वार्थ की पूर्ति के लिए नहीं बल्कि दास प्रथा को समाप्त करके दासों को स्वतंत्र करने के लिए लड़ा जा रहा है। अतः वे पुनः पूरे जोश से युद्ध के लिए खड़े हो गए। उन्होंने अपने इस धार्मिक और पवित्र कार्य को सम्पन्न करने के लिए अपने को और अधिक साहसी बना लिया। एक

अदम्य उत्साह के साथ सेना में सैनिकों की संख्या पांच गुना बढ़ गई। केवल एक महीने में ही 165000 नए सैनिक भरती हुए। इस युद्ध में छोटी-बड़ी कुल 625 लड़ाइयां लड़ी गईं। जिनके रक्त की नदियां बहाई गई। जंगल के हरे भरे मैदान, वृक्ष और चट्टानें रक्त से लाल हो गईं। लिंकन की राजभक्त सेना वीरता के साथ शत्रु का सामना करती हुई आगे बढती जाती थी। अभी दासमुक्ति का लक्ष्य कुछ दूर था। इसे प्राप्त करने के लिए यह युद्ध जीतना जरूरी था। अब यह लक्ष्य केवल लिंकन का ही नहीं रह गया था। एक बहुत बड़ा वर्ग इसके लिए आगे आ चुका था और इस युद्ध में सहायता कर रहा था।

लिंकन ने दास प्रथा के विरुद्ध लोगों को जागरूक करके इस युद्ध को जन-आंदोलन बना दिया था। समाज के सभी पेशे के लोग युद्ध में अपने लिए कोई-न-कोई भूमिका खोजने लगे थे। बड़े-बड़े अनुभवी डॉक्टर युद्ध का नाम सुनते ही युद्ध में घायल सैनिकों का इलाज करने के लिए सेना के शिविरों में जाने लगे थे। हजारों पादरी युद्धक्षेत्र में मरने वालों के लिए अंतिम रस्म अदा करने के लिए, युद्ध में भाग लेने वाले सैनिकों की सहायता के लिए जगह-जगह मेलों का आयोजन किया जा रहा था। वहां से जो धन एकत्रित होता था, उसे सैनिकों के कल्याण के लिए भेज दिया जाता था। बड़े-बड़े घरानों की महिलाएं अपने ऐशो-आराम को छोड़कर सेना में रोगियों की सेवा के लिए जाने लगी थीं। सैनिकों की सहायतार्थ फिलेडेलाफिया और बल्टीमोर में भी मेले जुटाए गए। इनमे मेलों का आयोजन एक विशेष उद्देश्य के लिए किया गया था। ये दोनों क्षेत्र दास प्रथा के समर्थक थे, लेकिन इन मेलों के आयोजन से उनकी मानसिकता बदलने लगी थी। इन क्षेत्रों में कभी राजद्रोह की स्थिति थी, लेकिन लिंकन की नीति से ये अब उनके समर्थन में खड़े हो चुके थे।

करुणा और क्षमा-भाव

गरीबों और दुखियों के प्रति दयाभाव उनके अंदर कूट-कूट कर भरा हुआ था। वह युद्ध के कभी समर्थक नहीं रहे, लेकिन विवश होकर उन्हें युद्ध लड़ना पड़ा था। इस युद्ध के मूल में भी दासों को उनके अधिकार दिलाने की भावना थी, युद्धकाल में वह अपने शत्रुओं के प्रति कठोर तो थे, लेकिन यदि उनका कोई शत्रु अपने किए पर पश्चाताप कर लेता था और विद्रोह करने जैसे अपराधों के लिए क्षमा मांग लेता था, तो वह उन्हें क्षमा कर देते थे। वह सच्चे ईसाई थे और ईसामसीह के सिद्धांतों पर चलते थे। उनका विश्वास था कि सबसे प्रेम करो, किसी से भी द्वेष मत रखो, चाहे वह तुम्हारे साथ बुराई क्यों न करे, परन्तु तुम उसके साथ भलाई करो। वह शत्रु सैनिकों से भी प्रेम करते थे। वह बाईबिल के संदेशों को सबको सुनाया करते थे। वह स्वयं उन पर चलकर इस बात पर अडिग थे कि यदि कोई मनुष्य वास्तव में अपने अपराधों पर पश्चाताप करता है तो उसे क्षमा कर देना चाहिए।

लिंकन ने कितने ही शत्रुसैनिकों को जिन्हें फांसी और गोली मारने का हुक्म हो चुका था, दया और न्याय के नाम पर छोड़ दिया था। एक बार एक माननीय महाशय एक बुढ़िया को लेकर लिंकन के पास आए। उस बुढिया का पुत्र शत्रु सेना की ओर से लिंकन की सेना के विरुद्ध लड़ रहा था। वह युद्धबंदी बना लिया गया। उसे विद्रोह जैसे अपराध के

कारण फांसी की सजा दी जा सकती थी। वह उस बुढ़िया का इकलौता पुत्र था। उसके बाद उस बुढ़िया का जीवन निश्चय ही समस्याओं से घिर जाना था। वह उसे बचाने के उद्देश्य से उस महाशय को साथ लेकर लिंकन के पास विनती करने आई थी। लिंकन ने बड़े ध्यान से उस बुढिया की व्यथा सुनी और उस महाशय से कहा इसका उत्तर मैं नहीं दे सकता, आपके अन्दर की दया भावना और क्षमा के प्रति आपकी अटूट आस्था दे सकती है। उस बुढ़िया के प्रति लिंकन का हृदय पसीज गया और उन्होंने उसके पुत्र को क्षमा कर दिया।

अब्राहम लिंकन युद्ध में घायल सैनिकों को देखने प्रायः चिकित्सा शिविरों में जाया करते थे। एक दिन वह ऐसे शिशिवर का निरीक्षण कर रहे थे जिसमें शत्रु सेना का भी एक घायल सैनिक चिकित्सा के अंतर्गत चल रहा था। वह सैनिक बहुत भयभीत था और वह जानता था कि उसे फांसी पर भी लटकाया जा सकता है। जैसे ही लिंकन उसके पास से गुजरे तो उनके करुणामय स्वरूप को देखकर वह चकित रह गया। उसने लेटे-लेटे लिंकन की ओर हाथ बढाया। लिंकन ने भी हाथ मिलाने की इच्छा से उसकी ओर हाथ आगे कर दिया। सैनिक की आंखों से अश्रुधारा बह निकली और प्रायश्चित मुद्रा में वह कहने लगा, “सर! मैं विद्रोही सैनिक हूं और आपके विरुद्ध लड़ा हूं, लेकिन आपके भगवान जैसे दयालु और न्यायकारी स्वरूप को देखकर मैं बहुत दुःखी हो रहा हूं। काश! मुझे पहले से आपकी महानता की एक झलक मिल जाती, तो मैं यह महापाप कभी न करता। मुझे दुःख है कि मैंने अन्याय के पक्ष में युद्ध करके बहुत बड़ा अपराध किया है। लेकिन अब पश्चाताप के अलावा मैं कर भी क्या सकता हूं।”

लिंकन ने मुस्कराते हुए कहा, “क्या तुम्हें अपने इस गलत काम पर पश्चाताप है?” सैनिक ने कहा, “पश्चात्ताप ही नहीं, मेरे हृदय का परिवर्तन हो चुका है, लेकिन अब जीवन के अंतिम क्षणों में इस परिवर्तन का अर्थ ही क्या रह जाता है। आपके बंदी सैनिकों के साथ हमारे पक्ष के नायक

क्रूरता का व्यवहार कर रहे हैं, उन्हें भूखे, प्यासे रखकर प्रताड़ित कर रहे हैं? आप भी तो ऐसा ही करेंगे।"

"नहीं मैं ऐसा नहीं करूंगा। मैं बुराई का बदला भलाई से दूंगा। ईसाई धर्म ने मुझे यही सिखाया है। मैं तुम्हारी सेवा करूंगा। यदि तुम सच्चे हृदय से यह स्वीकार कर लेते हो कि मैंने विद्रोहियों के पक्ष में युद्ध करके मानवता के प्रति बहुत बड़ा अपराध किया है और भविष्य के जीवन को आप मानव की सेवा के प्रति अर्पित कर देते हो, तो मैं तुम्हें क्षमा प्रदान कर देता हूं।" वह सैनिक लिंकन के सामने नतमस्तक हो गया।

अब्राहम लिंकन उन माताओं, स्त्रियों और बहनों की करुणाजनक गाथाओं से बड़े बेचैन हो जाते थे, जिनके पुत्र, पति और भाई देश के लिए शहीद हो जाते थे। एक दिन अब्राहम लिंकन को बोस्टन की एक महिला के सम्बंध में पता चला। उसके पांच बेटे लड़ाई में मारे गए थे और इस शोक से वह उबर नहीं पा रही थी। उन्होंने उसे सांत्वना देने के लिए एक पत्र लिखा, जिसका भाव यह था कि माता आपके पुत्रों का बलिदान इस देश को ही नहीं बल्कि सारे संसार में मानवता का प्रकाश फैलाएगा, इस प्रकाश में मानवता, समानता, प्रेम, न्याय और करुणा के पथ पर चलने के लिए उत्सुक दिखाई देगी। इस कार्य को ईश्वर ने आपके द्वारा करने का निश्चित किया हुआ था। आपने अपना उद्‌देश्य पूर्ण कर लिया है। पुत्र के मरने का शोक किसे नहीं होता। मैं समझता हूं मेरे शब्दों से आपका शोक दूर नहीं होगा। मैं ईश्वर से प्रार्थना करता हूं कि वह आपके शोक को राष्ट्रीय गर्व में रूपांतरित कर दे और आपको इस बात का अभास हो जाए कि आपके पुत्रों ने दास प्रथा के अंत के लिए उनकी स्वतंत्रता की बेदी पर एक महान् आहुति दी है।

वास्तव में अब्राहम लिंकन को सैनिकों से हार्दिक प्रेम था। वह उनके साथ पुत्रवत व्यवहार करते थे। एक-एक सैनिक की मृत्यु से उन्हें अपार दुःख होता था। परन्तु वह समझते थे कि स्वाधीनता की वेदी पर बलिदान

की आवश्यकता है। वही सच्चा धर्मवीर है, जो देश के लिए अपने प्राणों को न्योछावर कर देता है, जो रणभूमि में सत्य की रक्षा के लिए अपना जीवन अर्पण कर देता है, वह स्वर्ग में वास करता है। अब्राहम लिंकन ने इसी भावना से हजारों मनुष्यों को प्रेरित कर देशहित के लिए अपने प्राण न्योछावर करने के लिए तैयार कर दिया था। उन्होंने सत्य और प्रभु के न्याय की रक्षा के लिए अपने प्राण न्योछावर कर दिए थे। वे अमर हो गए।

अब्राहम लिंकन के देश पर न्योछावर होने की प्रेरणा दूसरों के लिए ही नहीं थी। वह उनसे पहले ही न्योछावर होने के लिए उत्सुक थे। लेकिन उनका लक्ष्य अभी कुछ दूर था और उसे प्राप्त करने के लिए ही वह युद्ध में फंसे हुए थे। जब उन्होंने दासों को स्वतंत्र करने का लक्ष्य प्राप्त कर लिया वह भी मानवता की मुक्ति के लिए स्वतंत्रता की वेदी पर न्योछावर हो गया।

दास प्रथा का अंत (स्वाधीनता)

युद्ध बराबर चल रहा था और दिनों-दिन भयंकर रूप धारण करता जाता था, परन्तु साथ ही विरोधियों की शक्ति घटती जा जा रही थी। अब लिंकन को विश्वास हो चला था कि देश ने विरोधियों की नीति को सिरे से निरस्त कर दिया है और देश की बहुसंख्यक आबादी उनकी नीतियों की समर्थक हो गई है। अतः उन्होंने समय की संवेदनशीलता को देखते हुए सन् 1862 के सितम्बर महीने में इस बात की घोषणा कर दी कि पहली जनवरी 1863 से संयुक्त प्रांत के प्रत्येक राज्य में गुलामों को स्वतंत्रता दे दी जाएगी और राज्य उनकी स्वतंत्रता की रक्षा करेगा। उन्होंने यह भी घोषणा की कि विपक्ष के जो लोग इस कानून को मानते हुए अपने हथियार रख देंगे, उन्हें क्षमा कर दिया जाएगा। यद्यपि युद्ध बंद नहीं हुआ था, तो भी पहली जनवरी सन् 1963 को दास प्रथा के अंत की घोषणा कर दी गई और साथ में यह भी कहा गया कि जिन 40 लाख गुलामों को स्वतंत्रता दी गई है, हम आशा करते हैं कि अब से वे लोग ईमानदारी के साथ अपना काम करेंगे। उनकी इससे आगे यह भी घोषणा थी कि योग्य मुक्त हुए गुलामों को सेना में भी लिया जा सकेगा।

इस घोषणा के होते ही बहुत से काले हब्शी बाजे-गाजे के साथ राष्ट्रपति भवन के सामने अब्राहम को धन्यवाद देने के लिए उपस्थित हुए, उन्हें यह भय अवश्य सता रहा था कि कहीं इतने बड़े व्यक्ति उनसे मिलने में

कुछ कठिनाई अनुभव करें। लेकिन उनका यह भय निरर्थक था। अब्राहम ने उनके साथ बड़ी शिष्टता से व्यवहार किया और कहा– मैंने कुछ नहीं किया है, केवल ईश्वर पर भरोसा किया है और उसके न्याय और करुणा को इस देश में उतारा है। ईश्वर की कृपा के बिना यह कार्य बिल्कुल असंभव था।

उस समय का दृश्य बड़ा संवेदनशील और अभूतपूर्व था। हब्शी लोगों से यह खुशी सहन नहीं हो रही थी। वे कभी हंस पड़ते थे और कभी रो भी पड़ते थे। उनके हर्ष का कोई पारावार न था। वह समझ नहीं पा रहे थे कि क्या कभी किसी के जीवन में इससे भी बढ़कर कोई खुशी आ सकती है।

4 जुलाई सन् 1864 को बल्टीमोर में अब्राहम लिंकन को एक अभिनंदन पत्र दिया गया और एक बड़ी सुंदर बहुमूल्य बाइबल भेंट की गई। उसकी जिल्द गहरे नीले मखमल की बनी हुई थी। कोने पर ठोस सोने के बंद लगे हुए थे। जिल्द की बांई तरफ एक चित्र बना हुआ था, जिसमें यह दिखालाया गया था कि लिंकन एक खेत में एक गुलाम के हाथों से हथकड़ियां निकाल रहे हैं और वह गुलाम ऊपर आकाश की ओर हाथ उठाए हुए है। मानो वह ईश्वर से अपने उपकारी के लिए प्रार्थना कर रहा है और उसके पैरों पर एक कागज रखा हुआ है, जिस पर मोटे अक्षरों में 'स्वाधीनता' लिखा हुआ है। जिल्द की दाईं ओर निम्न लेख अंकित है, "संयुक्त प्रदेश अमेरिका के राष्ट्रपति और विश्वव्यापी स्वाधीनता के मित्र अब्राहम लिंकन की सेवा में बाल्टीमोर के राजभक्त दासों की ओर से भक्ति-पूर्वक सादर समर्पित–बाल्टीमोर 4 जुलाई सन् 1864 ई.।"

यह भेंट बाल्टीमोर के दासों की ओर से एक कमेटी द्वारा की गई थी, जिसमें तीन पादरी और दो गृहस्थ थे। लिंकन ने बड़े प्रेम से उनका स्वागत किया। इसके पश्चात् पादरी चैज साहब ने कमेटी की ओर से कहा कि महोदय! राजभक्त दासों ने हमें आपके पास इसलिए भेजा है कि आपने

जो उनकी जाति के लिए कृपा और उदारता प्रकट की है, उसकी संस्मृति के हेतु यह बाईबिल आपको भेंट करें। महोदय! आपने एक शोषित गुलाम जाति को अपने गले से लगाकर अपने परिवार में मिला लिया है। अतएव अब हम सच्चे राजभक्त हैं और देश की रक्षा के लिए शस्त्र उठाने और सैनिक शिक्षा प्राप्त करने के लिए तैयार हैं।

अब्राहम लिंकन ने उन्हें कहा कि आपके लिए जो कुछ हुआ है, उसका श्रेय मुझे देकर आप मुझे लज्जित कर रहे हैं। इतना बड़ा कार्य क्या कोई एक व्यक्ति बिना प्रभु की अनुकम्पा के कर सकता था। यदि श्रेय देना है तो प्रभु को देना है। उसकी अनुकम्पा हुई तो आप स्वतंत्र हो गए। उनकी अनुकम्पा हुई आप राष्ट्र की रक्षा के लिए आगे आए और यह भी प्रभु की ही अनुकम्पा होगी कि हमारे विरोधी जो अब भी हमारे विरुद्ध मैदान में डटे हुए हैं। एक दिन सत्य, न्याय और उदारता के प्रति संवेदनशील हो सकेंगे।

एक दिन एक हबशिन जो अब स्वतंत्र हो चुकी थी, लिंकन के प्रति प्रेम और भक्ति प्रकट करने के लिए कुछ उपहार ले गई। वहां जाकर और वहां की भव्यता और सुरक्षा के प्रबंध को देखकर अपना साहस खो बैठी। उसे यह हीनता की भावना व्यथित कर रही थी कि इतने बड़े घर पर आसीन कोई व्यक्ति तेरे इस क्षुद्र भेंट को कैसे सम्मान दे सकता है। वह राजभवन के बाहर खड़ी थी और लिंकन राजभवन में किसी समस्या के समाधान के लिए अपने सलाहकारों से बातचीत में व्यस्त थे। उस समय राजभवन के बाहर कमिश्नर न्यूटन खड़े थे। उन्होंने उस महिला की दुविधा को दूर से ही देख लिया। वह उसके पास आए और उससे दुविधा कारण पूछा। उसने बताया कि मैं लिंकन के लिए यह भेंट लाई हूं, लेकिन यहां आकर मुझे नहीं लगता कि यह भेंट उन तक पहुंच पाएगी। यदि पहुंच भी गई तो क्या लिंकन इसे स्वीकार कर भी लेंगे? न्यूटन ने कहा कि आपका संदेह करना गलत है। मैं इस भेंट को उन तक पहुंचाऊंगा।

आप अभी यहीं बने रहना, लेकिन जब आपको अंदर बुलाया जाए तो निस्संकोच आ जाना।

ऐसा ही हुआ एक कमरे के बीच उसकी भेंट को सजा दिया गया और उसे बुलाकर भेंट के सामान के पास खड़ा रहने के लिए कह दिया गया। थोड़ी देर में वहां लिंकन और उनकी पत्नी ने प्रवेश किया। अब्राहम को बताया गया कि यह भेंट आपके लिए यह महिला लाई है। उन्होंने उस महिला का अभिवादन किया और उसकी भेंट की बहुत प्रशंसा की। लिंकन को यद्यपि आवश्यक मींटिग में भाग लेना था, लेकिन उन्होंने कुछ समय उस महिला को देना उचित समझा। उन्होंने कहा, "माता! कोई कष्ट तो नहीं?" उस महिला ने कहा, "जिसके सामने साक्षात् ईश्वर खड़े हों उसे क्या दुःख हो सकता है। मैं प्रभु के दर्शन करना चाहती थी, सो कर लिया है।"

लिंकन ने कहा, "माता! मैं प्रभु नहीं हूं, मैं तो प्रभु का भक्त हूं और मैंने उनकी भक्ति के अलावा कुछ भी तो नहीं किया है"

"यदि आप भक्त हैं तो प्रभु ने आपको इस महान कार्य के लिए चट्टान में से काटकर बनाया है। न जाने कितने मनुष्य अपने स्वार्थवश अन्याय और अत्याचार के पथ पर चल पड़ते हैं। वे यह भी नहीं सोचते कि ये गुलाम भी उसी ईश्वर के पुत्र हैं, जो उन सबका भी पिता है। आप धन्य हैं कि आपने हमें उस ईश्वर की संतान मानकर उन्हीं अधिकारों को दिला दिया जिसे सम्पन्न लोग प्राप्त करके सम्मान का जीवन जी रहे थे। जब हम सब एक ईश्वर की संतान हैं तो फिर हमारे में भेद करने वाले क्यों, अपने सही पथ से विचलित हो जाते हैं। आप दृढ़ता से न्याय पथ पर अडिग रहे। इसका एकमात्र कारण यही तो है कि ईश्वर आपके साथ है और यदि आप अंत तक इसी प्रकार दृढ़ रहे तो आगे भी ईश्वर आपके साथ रहेगा।"

लिंकन की आंखों से अश्रु झरने लगे और अगले ही क्षण उन्होंने कहा,

"माता! यदि तुम्हें प्रशंसा ही करनी है, तो उस प्रभु की करनी चाहिए जिसकी अनुकम्पा हम सब पर है।"

यों तो काले हब्शी लोग पहले से ही अब्राहम लिंकन को आदर की दृष्टि से देखते थे, परन्तु स्वाधीनता की घोषणा होने पर तो वे उन्हें साक्षात् देवता के तुल्य पूजने लगे थे। लोग उनके दर्शन करने के लिए चारों ओर से आने लगे थे। देश में सर्वत्र ही प्रत्येक हब्शी के घर में अब्राहम लिंकन का नाम जय जय कार के साथ लिया जाने लगा था।

दास प्रथा के अंत की घोषणा तो कर दी गई थी, लेकिन वह रुक नहीं पा रही थी। यद्यपि गुलाम रखने, उन्हें क्रय-विक्रय करने और उन्हें अफ्रीका से लाकर यहां बेचने पर पूर्ण प्रतिबंध लगा दिया गया था। गुलामों का व्यापार करने वाले अपराधियों के लिए आजीवन कारावास का प्रावधान बना दिया गया था। लिंकन का आदेश था कि यदि कोई व्यक्ति इस क्रय-विक्रय में लिप्त पाया जाता है तो उस पर तुरंत मुकदमा चलाकर उसकी सजा सुनिश्चित हो जानी चाहिए।

एक व्यक्ति जो पहले गुलामों के क्रय-विक्रय का पेशा किया करता था, अब भी उस पेशे को उसी तरह चला रहा था। पुलिस की जानकारी में आते ही उसे गिरफ्तार कर लिया गया। उस पर मुकदमा चला और दंड स्वरूप उसे पांच वर्ष का कारावास दिया गया। इसके साथ-साथ उस पर 3000 रुपये का आर्थिक दंड भी लगाया गया। उसकी अपील लिंकन के पास भी गई। अपील के साथ उनके मित्रों के सिफारिशी पत्र भी उनके पास गए। उसके वकीन ने बड़ी करुणाजनक बहस की अपने मित्र को उन्होंने उत्तर दिया कि आपका सिफारिशी पत्र मुझे यह सोचने के लिए बाध्य तो कर रहा है कि अभियुक्त की आर्थिक दशा दयनीय है। इस स्थिति में यदि यह एक व्यक्ति की हत्या कर देता तो मैं इसे क्षमा कर देता, लेकिन इसने तो अपने जीवन में हजारों व्यक्तियों की हत्या की है। यदि कोई व्यक्ति अफ्रीका से हजारों लोगों को बहकाकर, चुराकर यहां

लाकर उन्हें गुलाम के रूप में बेचता है, तो वह उनकी हत्या से भी भयानक कार्य कर रहा है। गुलामी से बढ़कर कोई निंदित प्रथा हो ही नहीं सकती। उन्हें दास प्रथा में धकेलने से कहीं अधिक अच्छा उनके प्राण ले लेने थे। इससे वे केवल एक बार ही मरते लेकिन गुलाम बनकर न जाने वे कितने बार मरे हैं? मेरी दृष्टि का तो कोई महत्त्व नहीं है, लेकिन प्रभु को जिन्हें दया का सागर कहा गया है, ऐसे अपराधी को क्षमा करने में अवश्य ही कठिनाई अनुभव होगी।

पुनः निर्वाचन और युद्ध का अंत

4 मई सन् 1864 ई. को अब्राहम लिंकन का संयुक्त प्रदेश अमेरिका के राजसिंहासन पर पुनः राज्यभिषेक हुआ। इस दिन लाखों की भीड़ लगी हुई थी। गाजे-बाजे बज रहे थे और चारों ओर से जय जयकार शब्दों का उच्चारण हो रहा था। बच्चों से लेकर बूढों तक की दृष्टि लिंकन पर केन्द्रित थी। करतल ध्वनि के साथ खड़े होकर लिंकन ने शपथ लेकर खुली हुई बाइबिल को चूमा और अपना भाषण प्रारंभ किया, "यह देश के लिए दुःखद रहा कि अपने सभी साधनों को युद्ध में झोंकना पड़ा लेकिन इसके मूल में उस मानवमूल्य की प्राप्ति थी, जिसके बिना न ईश्वर हमें क्षमा कर सकता था और न हमारी आत्मा को शांति मिल सकती थी! सम्पूर्ण देश में आठवां भाग दासों का है और वे केवल उत्तर में ही नहीं, बल्कि दक्षिण में भी सर्वत्र फैले हुए हैं। यह भी किसी से छिपा हुआ नहीं है कि इस लड़ाई का मूल कारण ये ही दास हैं। हम लोग उनकी रक्षा और इन्हें स्वतंत्र कराने के लिए अपना मन बना चुके थे, लेकिन कुछ देशवासियों ने हमारी इस योजना के विरुद्ध विद्रोह कर दिया। इसी से युद्ध खड़ा हो गया और दुर्भाग्यवश यह अब भी चल रहा है। वे विद्रोही अब देश को ही नष्ट करना चाह रहे हैं।"

"युद्ध ने बहुत कुछ नष्ट कर डाला है, लेकिन हमारी आत्मा को नहीं। हमारा पक्ष सत्य और न्याय के लिए है, अतः अंतिम जीत हमारी ही होनी

है, लेकिन सत्य और न्याय का रास्ता जोखिम भरा है। अतः अभी और भी हमें कुछ खोना होगा। हो सकता है, यह सत्य और न्याय हमारा बलिदान मांग रहा हो, लेकिन इसके लिए हम तैयार हैं। इतने दिनों तक युद्ध चलता रहेगा, किसी को आशा न थी। दोनों ही पक्ष वाले इसको एक साधारण युद्ध समझते थे। हमारा विरोधी पक्ष भी ईश्वर की आराधना करता है, वह भी बाइबिल को धार्मिक ग्रंथ समझता है। अपनी सफलता के लिए प्रार्थना करता है, लेकिन वह असत्य और अन्याय के मार्ग पर है, अतः ईश्वर ऐसी प्रार्थनाओं को नहीं सुनता। यह संसार दुःख से भरा हुआ है, लेकिन जिनके कारण ऐसी स्थिति आई है उन मनुष्यों को धिक्कार है।"

"हमने युद्ध को रोकने का भरसक प्रयत्न किया, लेकिन ईश्वर की योजना के आगे हम क्या कर सकते थे? ईश्वर की योजना से ही पूरी होनी है। ईश्वर यहां दासों पर होते अत्याचार देखे हैं। उनका शारीरिक

और आर्थिक शोषण देखा है। उनके परिश्रम से कमाए धन पर यहां के लोगों के ऐश्वर्य को देखा है। गुलामों के गत ढाई सौ वर्षों के अथक श्रम द्वारा कमाया हुआ धन जब तक इस युद्व में नष्ट नहीं हो जाता, गुलामों के शरीर के कोड़ों से निकाले हुए खून की एक-एक बूंद के बदले अमेरिकनों का संहार नहीं हो जाता, तब तब यह युद्व बंद नहीं होगा और न इसका ईश्वर पर दोषारोपण किया जा सकता है। ऐसे में हमारा कर्तव्य है, किसी से द्वेष भाव न रखकर, सबसे प्रेम और मित्रता रखकर, सत्य पर दृढ़ होकर हमें अपने काम को पूर्ण करना चाहिए, देश और देशवासियों की रक्षा करनी चाहिए।

युद्ध के हालात भयावह होते जा रहे थे। लेकिन लिंकन निर्द्वंद्व दिखाई देते थे, क्योंकि उन्हें विश्वास था कि यह युद्व ईश्वर की योजना का एक अंग है, अतः इसे ईश्वर ही रोक सकता है। उस समय वह सिटी पायंट में अपने कर्मचारियों के साथ विचार-विमर्श कर रहे थे। वहां उन्हें युद्ध के सभी समाचार मिल रहे थे, जिन्हें वह युद्वमंत्री को वाशिंगटन भेज देते थे। उनका पहला तार जो उन्होंने युद्धमंत्री को दिया, यह था—आज सवेरे भयंकर युद्व हुआ, जिससे हमारी सेना को पीछे हटना पड़ा। इसके कुछ ही घंटों बाद दूसरा तार दिया कि शत्रु ने जितनी हमारी जमीन ली थी, उसे हमने वापस ले लिया है। रविवार के सवेरे तार में सूचना थी कि आज हमारी सेना ने विजय प्राप्त की। उसी समय दोपहर में यह तार आया कि जनरल ग्रांट ने शत्रुओं की 50 तोपें और 1200 कैदी छीन लिए हैं और रिचमांउ क्षेत्र पर कब्जा कर लिया है।

इस समाचार के मिलते ही लिंकन ने जीते हुए नगर रिचमांउ जाने का निर्णय किया। यद्यपि उनके युद्वमंत्री ने ऐसा करने के लिए उन्हें मना किया। क्योंकि वहां उन्हें जान का खतरा हो सकता था, लेकिन वह मानने वाले कब थे। उनका कथन था कि यदि ईश्वर की योजना में मेरा बलिदान सुनिश्चित है तो उसे कौन रोक सकता है।

अब्राहम लिंकन मंगल के सवेरे तक रिचमांउ में रहे। राजभक्त लोगों ने जब यह समाचार सुना कि अब्राहम लिंकन रिचमांउ में आए हुए हैं तो उन्हें खुशी तो अपार हुई लेकिन साथ-ही-साथ भय भी हुआ कि कहीं विद्रोही उनकी हत्या न कर दें। बहुत से लोगों का तो यहां तक मत बना हुआ था कि उन्हें इस जोखिम भरी स्थिति में यहां आने की क्या आवश्यकता थी।

रिचामांउ पर विजय प्राप्त करने से उत्तर और पश्चिम सर्वत्र हर्ष मनाया गया। स्थान-स्थान पर रोशनी की गई, बाजे बजाए गए, व्याख्यान दिए गए और लिंकन के बुद्धिवैभव, देशहित और कार्यकौशल की प्रशंसा की गई। विद्रोहियों की इस पराजय से उनके हौसले पस्त हो गए और उनके सेनापति ली ने अधीनता स्वीकार कर ली। इस समाचार से आनंद की कोई सीमा न रही। युद्ध का अंत हो गया और पूरे अमेरिका में स्वाधीनता का साम्राज्य स्थापित हो गया। राजभवन के पीछे की ओर की ड्योढी पर ये शब्द लिखे गए—"यह विजय प्राप्त होना ईश्वर की योजना का एक अंग है, लेकिन हमारी आंखों से यह आश्चर्यजनक दिखाई देता है।"

अमेरिकी जनता इस अवसर पर उत्सव में डूबी हुई थी। उनका मत था कि हमारे इतिहास में आज का दिन सबसे बड़ा दिन है। दास प्रथा का अंत, स्वाधीनता और युद्ध की समाप्ति के समाचार अमेरिका में ही नहीं सारे विश्व में फैल गए। जनरल ली के हार मानने पर लोग इस तरह से पागल हो गए मानो वे किसी बीमारी के कारण अपना संतुलन खो बैठो हों। सैनिकों ने तोपों की गर्जनाएं की, मित्र परस्पर गले मिले। बहुतों ने रोकर अपने दिल का मैल निकाला और बहुतों ने हंसकर। आज तक न कभी इतने घंटे बजे थे और न कभी इतनी तोपें गरजी थीं। सारे अमेरिका में दीपावली मनाई गई थी।

पूर्ण आहुति (बलिदान)

जब से अब्राहम लिंकन का राष्ट्रपति के पद पर पुनः निर्वाचन हुआ था, तभी से उनके मित्रों को रात-दिन इस बात का भय लगा रहा था कि कहीं उन्हें कोई जान से मार न दे। उनके पास कितने ही पत्र आते रहते थे, जिनमें उनको जान से मार डालने की धमकी दी गई थी। जब एक प्रिय मित्र ने उनके समक्ष उनके सुरक्षा के प्रति चिंता प्रकट की तो उनके विचार इस प्रकार थे, "इन पत्रों का सिलसिला काफी पहले से चला हुआ है। पहले एक दो पत्रों से मुझे वास्तव में कुछ चिंता हुई, परन्तु जब इस प्रकार के पत्र नित्य आने लगे और राजतिलक के दिन तक लगातर आते रहे, तब मेरा चिंता करना छूट गया। यदि अब भी ऐसे पत्र आते हैं तो कोई आश्चर्य की बात नहीं। अब मुझे इनसे भय नहीं लगता, क्योंकि मैं उनके पढ़ने का अभ्यस्त हो गया हूं। जिस बात का मनुष्य को अभ्यास हो जाता है, उससे फिर भय नहीं लगता।

एक बार लिंकन की गाड़ी की रक्षा के लिए एक घुड़सवारों की टुकड़ी की व्यवस्था की गई, परन्तु उन्होंने कहा कि मैं इसे पसंद नहीं करता। घोड़ों की हिनहिनाहट और तलवारों की झनझनाहट के कारण मैं अपनी पत्नी के साथ बातचीत नहीं कर सकता। इसके अतिरिक्त कुछ सवार बिलकुल नए मालूम होते हैं। कहीं ऐसा न हो कि रास्ते में इन्हीं में से किसी का हाथ कांप जाए और मैं उसका शिकार हो जाऊं।

लिंकन ने एक बार कहा था, "यदि कुछ लोग मुझे मारने के लिए

कटिबंद्ध हैं तो चाहे हम कितने भी रक्षक नियुक्त कर लें, उन्हें रोक नहीं सकेंगे। इसके लिए भयभीत होना उन्हें अपनी कमजोरी दिखाकर उत्तेजित करना है। यदि कुछ पागल लोगों का भय है, तो इसके लिए कोई उपाय नहीं हो सकता, क्योंकि ऐसे पागलों का रहना उनमें भी संभव है, जो हमारे ही पथ में हैं और हम पर गाढ़ी भक्ति रखने वाले समझे जाते हैं। यह संभव है कि जिस प्रकार का भय मेरे मित्र कर रहे हो, परन्तु हमारा यह प्रदर्शन कि हमें भय है, किसी प्रकार भी लाभदायक नहीं है।

एक समय इस बात का पूरा प्रमाण मिल गया कि कुछ लोगों ने उनकी हत्या का षड्यंत्र रच डाला है। जब उन्हें यह पता चला तो उन्होंने उस सूचना पर कोई चिंता प्रकट नहीं की, बल्कि कहा, "मैं नहीं समझता कि मुझे मारने से उनका कौन-सा मनोरथ सिद्ध हो जाएगा। मैं ईश्वर की योजना का एक अंग हूं और यदि वह उस योजना में मेरा सहयोग चाहते हैं तो मुझे कोई नहीं मार सकता, लेकिन यदि प्रभु किसी और का सहयोग चाहते हैं, तो मुझे कोई नहीं बचा सकता है। मुझे फिर भी ईश्वर पर विश्वास है कि मेरे लक्ष्य प्राप्ति तक ईश्वर मेरी रक्षा करता रहेगा, लक्ष्य प्राप्ति के बाद यदि मेरी हत्या हो जाए तो उससे मुझे हानि भी क्या हो सकेगी।"

अब्राहम लिंकन के एक पुत्र कप्तान राबर्ट टी. लिंकन जब विद्रोही जनरल ली को परास्त करके आए थे तो अपने साथ अपने पिता के एक मित्र व जनरल ओवन एलन का पत्र भी लाए थे। जनरल ने उनसे प्रार्थना की थी कि अपने जीवन के प्रति संवेदनशील हो जाना चाहिए, क्योंकि अभी निकट में आपकी हत्या का षड्यंत्र रच दिया गया है। आप इस तरह से बिना सुरक्षा कवच के वहां न जाएं जहां विरोधियों का अधिक वर्चस्व हो। क्योंकि उन्होंने विवशतावश ही पराजय स्वीकार की है, लेकिन उनके मन में प्रतिशोध की भावना और बढ़ चुकी है। वे युद्ध के मैदान में कुछ नहीं कर सके हैं। यहां भी सशस्त्र विद्रोह जैसी बात कुछ नहीं होगी। ऊपर से शांति दिखाई देगी, लेकिन उनके अंदर का प्रतिशोध आप पर भारी पड़

सकता है। इसके उत्तर में लिंकन ने उन्हें "विश्वास दिया कि आप चिंता न कीजिए, मैं जहां भी जाऊंगा पूरी सतर्कता के साथ रहूंगा।"

अभी खुशियों का उत्सव सम्पन्न भी नहीं हुआ था कि कैबिनेट में एक अद्भुत घटना हुई। अब्राहम लिंकन ने कहा कि मैंने कल रात एक स्वप्न देखा है कि एक जहाज बड़ी तेजी से बह रहा है। इससे मुझे निश्चय हो गया कि कोई-न-कोई महान् कार्य आज होने वाल है। उसी दिन तीसरे पहर लिंकन ने सैर के लिए गाड़ी मंगवाई। उनकी पत्नी ने उनसे पूछा कि क्या और कोई भी साथ चलेगा? इस पर लिंकन ने कहा, "नहीं और कोई नहीं जाएगा। औरों को साथ लेने से सैर का आंनद ही समाप्त हो जाता है। हम दोनों जाएंगे अपने जीवन की कुछ भावी बातें करेंगे। राजकाज के कामों में व्यस्त हो जाने से निजी जिंदगी का मजा समाप्त हो ही जाता है। आज क्यों न निजी जिंदगी को वैसे ही गुजरने दें जैसे वह इस जिम्मेदारी को ओढ़ने से पहले गुजरती थी।

यात्रा खुशियों के साथ चल रही थी। रास्ते भर लिंकन अपनी मीठी-मीठी बातों से अपनी पत्नी को हंसाते जा रहे थे। उनकी पत्नी इस बात से चकित थी कि इतनी प्रसन्नता कभी उन्होंने इनके जीवन में नहीं देखी थी। आखिर उन्होंने पूछ ही लिया, "आज आप इतने प्रसन्न क्यों हैं? आपकी बात इतनी मनोरंजन करने वाली क्यों है? इस प्रसन्नता के पीछे कोई रहस्य तो नहीं है?" लिंकन ने कहा, "आज मेरे जीवन का वह लक्ष्य पूरा हुआ है, जिसका मैं उस समय स्वप्न देखा करता था, जब मेरे समक्ष एक गुलाम पर डंडे पड़ते थे और वह चिल्ला भी नहीं पाता था। आज वह गुलाम स्वतंत्र है आगे मेरे जीवन का लक्ष्य ही क्या बचा है। मैं भी अब स्वतंत्र हू। लक्ष्य प्राप्त करने की बेचैनी अब मुझे व्यथित नहीं करेगी। ऐसी स्थिति में मैं क्यों न प्रसन्नता के साथ आप से व्यवहार करूं?

वाशिंगटन पत्र में यह समाचार निकला था कि रात्रि में थियेटर में एक अच्छा खेल होने वाला है। लैफ्टिनेंट जनरल ग्रांट, प्रेसीडेंट अब्राहम लिंकन, मिसेज अब्राहम और अन्य प्रतिष्ठित महिलाएं आज रात्रि को फोर्ट थियेटर

में तमाशा देखने के लिए जाएंगी। जनरल ग्रांट ने जाने से मना कर दिया। प्रेसीडेंट अब्राहम की भी जाने की कोई इच्छा नहीं थी। परन्तु उन्होंने सोचा कि यदि जनरल ग्रांट नहीं गए और मैं भी नहीं गया तो लोगों को निराशा होगी, इसलिए उन्होंने जाने का निश्चय किया। 8 बजकर 40 मिनट पर अब्राहम नें अपनी पत्नी, मिस हैरिस और मेजर राथबर्न के साथ थियेटर में प्रवेश किया। राजभक्त लोगों की करतल ध्वनि से सारा थियेटर गूंज उठा। जिन लोगों को युद्ध के शांत हो जाने से खुशी हुई थी, उन सबने खड़े होकर अब्राहम को सलाम किया।

अब्राहम ने झुककर सलाम का जवाब दिया। इसके बाद सभी शांति के साथ नाटक का अभिनय देखने लगे। इस समय बहुत से लोगों को भय लगा हुआ था कि थियेटर में सुरक्षा के अभाव का लाभ उठाकर कोई विरोधी मानसिकता का सिरफिरा उनकी हत्या न कर दे। उनके भय का कारण भी उचित था, क्योंकि चारों ओर यह अफवाह उड़ रही थी कि अब्राहम पर जान लेवा आक्रमण हो सकता है। दास प्रथा के समर्थक उन्हें किसी भी कीमत पर छोड़ना नहीं चाह रहे थे। अब्राहम अपनी सुरक्षा के प्रति संवेदनशील नहीं थे। उन्हें यह पसंद नहीं था कि हर समय सुरक्षा गार्ड़ उन्हें घेरे रखें। वह प्रायः ऐसे अवसरों पर अकेला रहना ही पसंद करते थे।

अब्राहम लिंकन थियेटर में एक बक्से में गद्दीदार आराम कुर्सी पर बैठे हुए थे, जो रंगभूमि से तो दूर थी, परन्तु दर्शकों से निकट थी। उनकी पत्नी उनके पास ही बैठी थी। उस रात को बक्से के दरवाजे बंद नहीं किए थे। ठीक सवा दस बजे एक युवक ने लिंकन के अर्दली को कार्ड दिखाया। इसके बाद वह उनके बक्से में प्रवेश कर गया। उसने तुरंत जेब से एक पिस्तौल निकाली और अब्राहम लिंकन पर फायर झोंक दिया। इसी के साथ प्रभु ने अपने भक्त को अपने पास बुला लिया, क्योंकि उन्हें जिस कार्य के लिए भेजा था, वह पूर्ण हो चुका था। स्वतंत्रता की देवी ने स्वाधीनता के नेता महात्मा अब्राहम लिंकन को अपनी भेंट में लेकर अमर कर दिया।

प्रश्नोत्तरी

यह पुस्तक पढ़कर आपने क्या सीखा? यह जानने के लिए नीचे दिए गए प्रश्न पढ़ें और सही उत्तर के सामने के खाने में सही का निशान ☑ लगाएँ। सारे उत्तर सही होने पर आपको पुरस्कार में मिलेगी ऐसी ही कोई अन्य पुस्तक, जिसके लिए आपको अपने नाम और पते सहित अपने उत्तर हमें इस पते पर भेजने होंगे : मुख्य संपादक, हिन्द पॉकेट बुक्स, ई-14, सेक्टर-11, नोएडा-201301

1. अब्राहम लिंकन अमेरिका के ... राष्ट्रपति थे?
   1. चौदहवें। ☐
   2. पंद्रहवें। ☐
   3. सोलहवें। ☐
   4. सत्तरहवें। ☐

2. लिंकन ने अमेरिका को किस सबसे बड़े संकट से पार लगाया?
   1. मंदी से। ☐
   2. गृहयुद्ध से। ☐
   3. बाहरी आक्रमण से। ☐
   4. आतंकवाद से। ☐

3. अमेरिका में किस कुप्रथा के अंत का श्रेय लिंकन को जाता है?
   1. दासप्रथा। ☐
   2. सतीप्रथा। ☐

3. बाल-विवाह। ☐

4. परदा-प्रथा। ☐

4. अब्राहम लिंकन का जन्म किस परिवार में हुआ था?

1. एक गरीब श्वेत परिवार में। ☐

2. एक गरीब अश्वेत परिवार में। ☐

3. एक धनी अश्वेत परिवार में। ☐

4. एक धनी श्वेत परिवार में। ☐

5. लिंकन ... रिपब्लिकन थे जो अमेरिका के राष्ट्रपति बने?

1. प्रथम। ☐

2. द्वितीय। ☐

3. तृतीय। ☐

4. चतुर्थ। ☐

6. राष्ट्रपति बनने से पहले लिंकन किस व्यवसाय में थे?

1. लेखन। ☐

2. प्रकाशन। ☐

3. व्यापार। ☐

4. वकालत। ☐

7. अपनी तरह के गरीब मुवक्किलों से लिंकन कितनी फीस लेते थे?

1. बहुत कम। ☐

2. बहुत ज्यादा। ☐

3. बिलकुल भी नहीं। ☐

4. जितनी वे दे देते थे। ☐

8. राष्ट्रपति बनने के बाद लिंकन ने अपने दुश्मनों को किस तरह खत्म किया?

1. उन्हें जलील करके। ☐
2. उन्हें पुलिस से पिटवाकर। ☐
3. उन्हें जेल में डालकर। ☐
4. उनसे अच्छा व्यवहार करके। ☐

9. लिंकन ने अपने बेटे को अच्छी सीख देने के लिए किसे पत्र लिखा था?

1. खुद बेटे को। ☐
2. बेटे के अध्यापक को। ☐
3. बेटे के स्कूल के प्रिंसिपल को। ☐
4. बेटे की माताजी को। ☐

10. अपने पत्र में लिंकन ने अपने बेटे को निम्नलिखित में से क्या सिखाने के लिए कहा?

1. दूसरे बच्चों से दबकर रहे। ☐
2. दूसरे बच्चों से दबकर न रहे। ☐
3. दूसरे बच्चों की नकल करे। ☐
4. दूसरे बच्चों से जलन की भावना मन में न लाए। ☐